真夜中のカーボーイ

山田五郎

midnight cowboy
gorot yamada

gentosha

真夜中のカーボーイ

I

別れてから一度も会っていなかった高校時代の恋人から、電話があり、頼みがあるので会いたいという。普通は胸が躍るところだろうが、四十年ぶりともなると胸騒ぎの方が先に立つ。そして人間、六十年近くも生きてくると、嫌な予感はたいがい当たる。

電話は会社にかかってきた。そこは驚くにはあたらない。彼女が家業を継いだ服飾会社は俺が勤める出版社が出す女性誌の広告主で、俺は広告を扱う部署にいる。とはいえ彼女の会社の担当は俺ではないし、社長自らが出広先に電話してくることも珍しい。

担当者が何か問題でも起こしたのかと心配したが、仕事の話ではないそうだ。ならば何の話かと聞くと、東京に出てきているから直接、会って話したいという。どんどん不安になってきて泳ぎはじめた目が、卓上のカレンダーにとまったのはそのときだ。

そうか、今日は八月十八日か！

嫌な予感は早くも当たった。四十年前、いや正確には三十九年前のこの日に、俺は最低な失敗をやらかして、二度と会えなくなっただけでなく、彼女の人生まで変えてしまった。そして今に到るまで、詫びのひとつもできていない。

男性誌の編集部から広告局に異動になったときからずっと、いつかどこかで顔を合わせることになるのではないかと心の片隅で怯えていた。ついにその日が訪れたのか。

だが、彼女がこの日に連絡してきたことが故意であれ偶然であれ、むしろ絶好の機会と喜ぶべきだ。あの過ちを謝罪するのに、これほど相応《ふさわ》しい日はないではないか。どれだけ責められてもかまわないから、とにかく会って謝ろう。もしも俺に償えることがあるのなら、どんな頼みでも聞いてやろう。

覚悟を決め、こちらこそ会ってもらえるなら今日にでもと予定を聞く。ずっとホテルの部屋にいて何時でもかまわないというので、すぐに向かうと告げて電話を切り、急いで仕事を片付けた。

昼は暑すぎて沈黙していた蟬たちが一斉に鳴き出す逢魔《おうま》が時《とき》。タクシーをつかまえる間にも汗が噴き出し、乾く間もなくホテルに着く。

レセプションで呼び出すと、部屋まで上がってきてほしいと伝えられた。人に聞かれて困る話になるのだろうか。嫌な予感がぶり返すが、ここまで来たら行くしかない。広告主に記事の間違いを謝罪しに行くときの要領で、エレベーターの中で気持ちを整え、部屋の前で深呼吸してからベルを押す。

「はいは〜い」

拍子抜けするほど陽気な応答を扉越しに聞いて、驚いた。かすれ気味だが艶があり、籠もりがちだがよく通る。間違いなく妙子の声だ。あんなに忘れようとして、とっくに忘れられたと思っていたのに、こんなにはっきり覚えていたとは。

だが、いや、だからこそだろう、扉を開けて現れた声の主を見て、息を呑んだ。四十年の歳月を踏まえた上で想像していた姿より、さらにひと回りは老けて小さく見える。見たことのない小柄な老女が聞き覚えのある声で話しかけてくるのだから、気味が悪い。

「久しぶり〜。ていうか、もうほんま、久しぶりすぎ。元気してた？ 部屋まで来てもろて、ごめんね。いや、ちょっと目ぇ離した隙にこのホテル、全館禁煙になってしもてて。でも、ほら、ウチはここが大阪で創業した頃から使《つこ》てる株主やさかい、無理いうて部屋で吸えるようにしてもろてん」

煙草片手にスイートルームに招き入れ、ソファをすすめながら一気にまくしたててくる。これだけのセリフを十五秒足らずでいってのける早口は、妙子以外の何者でもない。

発酵葉特有の燻香《くんこう》で、吸っているのはフランス煙草のジタンとわかる。アールデコ風のパッケージ・デザインが好きだからといってそんな渋い〝洋モク〟をふかす女子高生は、あの頃でも妙子ぐらいしかいなかった。

髪にはすっかり霜が降り、カットもショートに変わっていたが、前髪を少し長めに切り揃えているところは昔と同じ。自社製品でなければおそらくイッセイ ミヤケ〝プリーツプリーズ〟の黒いノースリーブのワンピースも、妙子が好きだった一九二〇年代風の直線的なシルエットだ。

間違いない。パリのフラッパーというより上海あたりの秘密クラブのマダムといった貫禄で腕と脚を組み、ジタンの煙を天井に吹き上げているこの小柄な老女は、かつて俺が誰より愛し、誰より傷つけてしまった人にほかならない。予想を超えた変わりように驚いたが、そこはお互い様。妙子が痩せた分だけ俺は太り、彼女が白髪になった分だけ俺は髪が抜けた。

「まだジタン吸うてたんですね」

三十九年ぶりに昔の恋人と再会して最初に口にするセリフではないが、気まずい沈黙に陥るよりはましだろう。

「長いことやめててんけどね。アンタはまだハイライト？」

「いや、最近はもっぱら電子タバコですわ」

「うわ、日和《ひよ》ったな。ギターのヘッド焦がして得意になってた人が」

「クラプトンもとっくに禁煙してるご時世ですよ。それに五年ほど前に軽い食道癌やってしまいまして……」

まずい方向に話を振ってしまったかもしれないと後悔する間もなく、

「私も三十三のとき乳癌やって、ほんで今度は肝臓よ。転移もしててステージⅣ。もはや手ぇつけられへん段階やわ」

いきなり、もの凄いカウンターを返された。

嫌な予感がまた当たってしまった。それも予想を超える深刻さで。ポットから紅茶を注ぐ姿を改めて見つめ直して、愕然とする。日没間際の逆光に浮かぶシルエットは、単に痩せ細っているだけではなくどこか歪《いびつ》で、まるでジャコメッティの彫像のようだ。

「えっ、嘘ぉ……。いやいや、ちょっと待ってくださいよ。大変やないですか。煙草なんか吸うてる場合ですか」

「場合でしょ。末期やからこそ吸うてんねやん。私かて子供できたときから三十年以上もやめてたんよ。ほんでも、もう吸うても吸わんでも同《おんな》じやから、大手を振って解禁ですわ。ていうか、なんでずっと敬語なん？」

「いや、それはこっちが聞きたいくらいですよ。逆になんで最初っからそんな普通な感じでグイグイこれるんですか」

「私もすっかり大阪のオバハンになったってことよ。なんしか、その変な敬語、やめてんか。気色悪うてかなわんし。アンタも昔みたいに普通にしゃべり」

「いや、でも四十年ぶりに会《お》うてやね、いきなりお前呼ばわりもできんでしょ」

「正確には三十九年ぶりやけどね。それもきっかり」

「やっぱり覚えてたんや」

「忘れようにも忘れられんわ。って、ほんまは割と最近、思い出してんけど。まあ、とにもかくにもやね、三十九年ぶりやからこそよ。『かくも長き不在』もここまでくると、もう初っ端からグイグイぶちかましてかんと乗り越えられへん歳月やんか。変に遠慮されたら、かえって話しづらいわ」

「そうおっしゃられても、仮にもクライアント様相手にやね……」

「そやから仕事の話とちゃうていうたやん。私、もう一年以上も前に息子らに跡《あと》譲って引退してんねんよ。それにアンタ、ウチの担当と違うやろ」

「そこですよ。仕事の話やないとしたら、この期《ご》に及んでワタクシごときにいったい何の頼みごとがあるんですか」

「まあ、それは追々話すとしてやね、今日来てもろたんは、何はさておき生きて動けるうちに会うときたかったからやねん」

「ほんまかいや？　むしろ死んでも会いたないいんちゃうかと思てたけど」

思わず敬語も忘れてそういうと、彼女は本気で驚いたような顔をして、

「そんな風に思てたん？　違うでしょ。会いたかったけど会われへんかっただけやんか」

「いや、でも、俺のせいで親御さんにまでご迷惑かけて、楽に入れたはずの東大にも行かせてもらえんようになってしもて、恨んでへんわけないやろが」

「そこは別に恨んでないわ。あそこで女子大行ったおかげで今の商売があんねんから、結果オーライやし。恨んでるとしたら、むしろアンタが今まで一度も連絡してけぇへんかったことの方よ。ウチがお宅の雑誌にめっちゃ広告出してること、知ってたやろ。一度くらい挨拶に来てもバチ当たらんかったんちゃう？」

「いうても、どんな顔して挨拶行けます？　合わせる顔がないって、まさにこのことやんか。広告局のパーティとかでうっかり鉢合わせしてもうたらどないしょって、ずっとビビッててんから」

「へ〜え。なんか知らんけど、男の面子《メンツ》とかそういうこと？　なんやかやいうて、会いたなかったんはアンタの方やったんちゃうん？　まあ、ええわ。せっかくこうやって会えてんから、積もりに積もった話させてよ。今日、時間、大丈夫？」

「何いわれてもええように仕事片付けてきたから大丈夫やけど、でも、ちょう待って。先にちゃんと謝らせといてほしいねん。今さら謝られても腹立つだけやろし、勝手なことは百も承知やけど、今いうとかんと一生、後悔しそうやから、許してもらえんでも一方的に謝らせてもらうわ。俺、ほんまにお前に悪いことした。ごめん！」

一気にそういいながら、自分でも意外なほど気が楽になっていく。

三十九年前の後悔は、痛みが消えた今も見えないしこりとなって、意識せずとも心に引っかかり続けていたのだろう。

「ほんま、びっくりするほど勝手やなあ。そない悪い思うんやったら、一生、後悔しといてほしいわ。でも、まあ、ほんまの話、それはもうええねんて。お互い、そのせいで不幸にはならへんかったやろ？」

いつの間にか日はすっかり暮れ、逆光で陰になっていた妙子の顔を部屋の灯《あか》りが照らし出す。気が晴れると視界まで晴れるのか、さっきまでの見知らぬ老女が今はもう妙子にしか見えない。

あの頃は黒髪を肩まで伸ばしていて、モデルの山口小夜子に少しだけ似ていた。もっとも、本人は「山口小夜子さんに似てる美人は山口小夜子さんしかいてへんから山口小夜子さんに似てるいわれても嬉しない」と、何べん山口小夜子さんいうたら気がすむねんと突っ込みたくなる理由で否定していたが。だから髪型も山口小夜子さんを意識したわけではは断じてなく、額の広さを隠すためだといい張っていた。

事実、当時の彼女の綽名《あだな》はデコ。後ろにアクセントを置くのが大阪風だ。本人はアールデコが好きだからだといい、両親は幼少時に自分の名前を正確に発音できず「でこ」と聞こえたからだといい、女学院の同級生は単におでこが広いからだといっていたが、どの説をとっても彼女にぴったりな綽名だったことに違いはない。その広い額を隠そうと伸ばした前髪を両手の指で梳《くしけず》り、ひときわ白いこめかみの肌に青い静脈を透かし見る幸せが、俺に許されていた時代があった。

とうの昔に思い出すことも夢に出ることもなくなっていた面影が、こんなにもあっさり甦るとは。望遠鏡の焦点が合っていくように記憶が鮮明さを増すにつれ、痩せて萎《しぼ》んでしまった今の姿がいじらしく見えてきて、四十年前にはなかった不思議な感情が湧いてくる。だが、それを顔に出すことを、彼女は喜ばないだろう。同情されたり心配されたりすることが何より嫌いなデコだった。

先がツンと反り上がった鼻も変わらない。切れ長の目と薄い上唇は頬と同じく重力に抗《あらが》う弾力を失いはしたものの、目尻と口角を上げて笑えばたちまち昔の表情を取り戻す。ただしその笑顔はかつてはなかった皺に覆われ、見開いた目にはメイクで隠せない黄疸が見て取れる。ノースリーブからむき出しになった針金のような腕にうっすら浮かぶ掻き痕も、肝機能の低下がもたらす掻痒感のせいだろうか。

「ほんで、治療はちゃんとしてんの?」

「いわゆる緩和ケアだけやけどね。痛みはまだ我慢できるけど、痒いんと、それ以上に怠《だる》さがかなわんから、薬出してもろてんの。ステロイドとか、精神刺激薬いうて軽い覚醒剤みたいなやつとか」

初っ端からハイテンションだったのは、その薬のせいかもしれない。

「抗癌剤とか新薬とか、もっと積極的な治療法もあるやろに」

「この段階から抗癌剤入れたって、しんどいばっかりでかえって死期を早めるだけよ。祖父母も両親も知り合いも、抗癌剤で治った人なんて一人もいてへんかったもん。私自身、乳癌のときで懲りてるし。免疫療法系の新薬かて高いばっかりでいうほど効かんみたいやし、副作用もあんねんよ」

「そんでも試してみる価値はあるんとちゃうん。お金はなんぼでもあるやろし」

「お金はあっても価値はないわ。少なくとも私にとってはね。だって今回の癌が見つかる前から、もうこれ以上、長生きしたなかってんもん。やるべきこともやりたいこともやり尽くしたし、世の中は居心地悪なってく一方やし。仮に完治できてもその先に何の楽しみも期待でけへんのに、わずかな確率に賭けてしんどい治療に耐える価値がどこにあんの？　それやったら、別に何もせんでもあと数ヶ月は生きられるんやから、好きなことやって思い残すことなく死んできたいわ」

「いや、その気持ちもわからんではないけど、そやからいうて治療もせんと、こない出歩いたりしゃべりまくったりしてたら、その数ヶ月さえ縮めることになってまえへんか」

「大丈夫やて、安心し。自分の体は自分がいちばんようわかってんねんから。普通にいかんのは食事くらいよ。固形物の消化が厳しなってきてるから……。あっ、そうや、お腹空いてるんちゃう？　ご飯食べようよ。私、下の中華でお粥《かゆ》さん作ってもらうから。割とええ上湯《シャンタン》使《つこ》てて、具無しでも今の私にはご馳走やねん。私それ頼むからアンタも何か頼み。ここにルームサービスのメニューあるし、下に鉄板焼きの店もあるよ。ステーキでもお寿司でも何でも好きなもん持ってこさせるから、遠慮なくいったって」

ああ、勝手にどんどん話を進めていくこのペースも懐かしい。今にして思えば高校時代からすでにこの人は大阪のオバハン気質だった。ただ当時はそうは思わず、優柔不断な俺をリードしてくれる頼もしさと映っていただけで。何事もすぐには決められなかった俺が、デコの提案にだけは即座に乗れた。少なくとも俺にとって、それは常に間違っていなかったから。

そのデコに何でも頼めといわれても、具のないお粥をする広告主様の前で自分だけステーキにかぶりつく無神経さも食欲も持ち合わせていない。「ここはオムライスくらいにしとこか」というと、彼女は目尻と口角を思いきり上げて吹き出した。

「まだオムライス好きなんや。アンタ、中之島の公会堂の食堂でも、いっつもオムライス食べてたよね」

そうだった。中之島は俺たちが最初に出会い、何度もデートした場所だ。公会堂の食堂がいい感じにレトロで安かったので、しばしばそこでコーヒーを飲み、食べ盛りの俺は間食として確かにオムライスをよくとった。

半地下になった食堂の窓から射す、黄水晶《シトリン》のように不思議な密度感のある光の帯に包まれながら、「よう食べるなあ」と目を細めたり、急に身を乗り出して「ほてね、ほてね」と早口でまくしたてはじめたり——。いろんなデコの表情が、カットバックのように浮かんでは消える。

「あの食堂、あれから綺麗《きれ》なって人気やってんけど、何を勘違いしたんか、さらに改装して意識高い系のレストラン入れるらしいよ。そういう感じやないところがよかったのに、わかってへんよね。どこもかしこも、変えんでええことを無理やり変えて台無しにしてばっかしや」

2

ルームサービスのオムライスは、思いのほか美味かった。洋食の味付けは、東京と大阪で微妙に違う。ここは大阪が本拠のホテルのせいか懐かしいくどさというかコクがありグリーンピースも入っていて、ますます記憶が甦る。

中華粥をふうふう冷ましながらゆっくり口に運ぶ妙子に促され、話はお互いの来し方に。といっても俺の方は、一分もあれば語り尽くせる。

妙子と別れた後、二人で受けるはずだった東大を一人で二回落ち、私大を出て今の出版社に就職。ファッション誌や情報誌の編集部を経て五年前に今の広告局に異動した。入社三年目に大学時代の同級生と結婚し、二年後に生まれた一人娘は数年前に嫁に出し、今は妻と老犬とでバブルの盛りに高値で摑《つか》まされた練馬の3LDKのマンションに暮らしている——。自分でも呆れるほど、ありふれた人生だ。

それに比べて妙子の方は、ぶ厚い伝記が書けるほど波瀾万丈。単に家業を継いだとばかり思っていたが、実際は彼女自身が学生時代にセレクトショップを創業し、後に実家の会社を建て直すために吸収合併させたという。

女子大に進んだ年の夏休みにヨーロッパで買い込んできた服を、同級生たちが口々に「どこで買《こ》うたん?」と欲しがるのを見て、これは商売になるとひらめいた。親の資金援助を仰いで神戸の元町商店街に小さな店を借り、仲間を集めて世界各地へ買い出し旅行に派遣。折からの女子大生ブームと神戸ブームに乗って、店はたちまち繁盛する。

「やっぱし商人《あきんど》の血やってんね、向いてたんやわ。一度商売はじめてみたら、もう面白《おもろ》うて面白うて。正直いうて、女子大行った当初は建築家の夢引きずってたし、アンタのこと恨みもしてたけど、あれでなんもかも一気に吹っ切れたわ」

店は女子大生向けファッション誌に何度も紹介され、もはや学生のお遊びでは済まなくなって在学中に会社を設立。その折に、後に専務として生涯の相棒となる女性に出会う。三歳年上で、韓国籍。大阪の百貨店でバイヤーをしていたが上司と不倫の末に当時でいう未婚の母となって辞め、職を探しあぐねていたときに、年齢・性別・学歴・国籍・一切不問とうたった求人広告に惹かれてやってきた。

「私が建築家としたら、彼女は構造計算から資材調達から現場監督まで何でもかんでもできる、ひとりゼネコン。頭も性格もルックスもセンスもよくて、私がやりたいことを全部、思った以上の形で実現してくれる人やってん。ていうか、むしろ私がいらんくらい。今の会社は私一人ではでけへんかったけど、専務一人でもできたと思うわ」

大学を出た翌年に船場の繊維問屋の三男を婿に迎え、二十五歳で長男を出産。親への義理を早々に果たし終え、その後は専務と二人三脚で事業に専念した。子供服にもいち早く参入し、中国や東欧の工場で自社ブランド製品を作りはじめたのも「ユニクロやビームスより早かった」とか。妙子の父親が亡くなる前から傾きはじめていた実家の服飾輸入卸がバブル崩壊で行き詰まり、跡を継いだ夫に泣きつかれて、自分が創業した会社を吸収合併させる形で専務と二人で乗り込み経営を再建した。

ところがその直後に、阪神淡路大震災。激しい揺れで叩き起こされ、ニュースで被害の大きさを知って矢も楯もたまらず店に向かうも、たちまち渋滞に巻き込まれて車を捨て、寸断された道を芦屋から元町まで五時間近くかけて歩いた。半壊した本店の前で同じく歩いてきた専務と出会い、無事でよかったと喜び合ったのも束の間、専務の実家がある長田で火災が発生。慌てて駆けつけると「空襲でもあったみたいに」町中が燃えていた。専務の家族を探して駆けずり回り、ようやく無事が確認できたときにはすでに深夜。避難所で配られたおにぎりを食べながらいまだ消えぬ火を見つめ、「どんな『火垂るの墓』やねん！」と泣き合ったという。神戸の本支店が半壊し、大阪の二店も被災。立ち直るまでには「一晩では語り尽くせん」ほどの苦労があったが、それを機に首都圏に進出し、結果的には事業の拡大につながった。

そんな艱難辛苦を共にしてきた生涯の相棒が、一年前に亡くなった。肺の小細胞癌で、見つかったときにはすでに手術もできない状態だったという。

「自分が乳癌になったときより親が死んだときよりショックで、目の前が真っ暗になるっていう感覚を生まれて初めて経験したわ。私らずっとイケイケで来てたんが、何年か前からコンプライアンスやら時短やらで性に合わん辛気くさい仕事ばっかり増えて、結構、ストレス溜めててんよ。それがいかんかったんやろかって、いろんなこと後悔したり。会社で受けてた人間ドックのヤブ医者が見逃したせいやって、いろんな人を恨んだり。なんかええ新薬とか治療法があるはずやって、いろんな所に問い合わせたり。もう頭ワヤクチャでパニックになってしもて。でも専務本人は至って落ち着いてて、『病院でチューブ入れられて無理やり生かされるより一日でも二日でも娑婆《しゃば》で好きなことして死にたい』っていうわけよ。ほんで私も、よっしゃ、ほな最期まで二人でパーッと行こかって気持ち奮い立たせて……」

会社の経営を息子と旦那に任せて二人とも引退し、お互いの貯金を使い果たす覚悟で遊び倒した。今までできなかったことをやろうと、ファーストクラスでパリに行きリムジンでオートクチュールのメゾンを回って服や靴を仕立てたり、煙草が吸えるプライベートジェットでハワイに飛んでヘリで聖域をめぐったり——。だが、そこで早くも虚しくなった。

「なんか、どこ行っても何やっても昔ほど楽しないのよ。ウチらが慣れてしもてたせいもあるんやろけど、世界中どこ行っても同じにしか思われへんで……。昔はシャルル・ド・ゴールで飛行機降りたらエスプレッソとゴロワーズの香りがして、ああパリに来たなって思ったもんやんか。それが今やヨーロッパ中どこ行っても移民だらけやし、フランス人も平気でスターバックス飲んでマルボロ吸うてる始末で、どこの街におるかわからんやん」

「どこ行ってもユーロやしな」

「そうそう。ほんで、それ以上にがっかりしたんはね、そんだけ贅沢しても大して楽しなかったことやねん。富豪の人らが退屈しはる理由がようわかったわ。お金使う遊びって、すぐに飽きてまうようにできてんのよ。お金をかければかけるほど自分ですることがなくなって、ただ座ってるだけになってくから。どんなええ服仕立てても苦労して自社製品作ったときほど嬉しなかったし、何十年かぶりに雲海見下ろしながら吸うた煙草は美味《おい》しかったけど、何時間も我慢させられてから吸うときほどでもなかったわ。ウチらが貧乏性なだけかもしらんけど、人間、苦労や我慢させられた経験の方が後から考えると楽しかったりするもんなんやね。お金では幸せになれんちゅう当たり前の真理が身に沁みてわかったわ。そんだけでもお金使った甲斐あったよ」

　海外で豪遊するより国内で貧乏旅行した方が楽しそうだと、どちらからともなくいい出して、車で東北を目指す旅に出た。東日本大震災の被災地を訪ねることで、同じように震災から立ち直った頃の気持ちを思い出そうとしたのかもしれない。久しぶりに二人で心の底から笑ったり泣いたりできて、「最高のロードムービーやった」という。だが、その一方で、行く先々でどうしようもない現実を見せつけられ、何かできることはないかと語り合うたびにネガティヴな結論にしか到達せず、時代の変化と自分たちの限界を痛感させられもした。

「そんときに専務がポロッというたんよ。ええ潮時やったんかもしれんなぁって」

世智に長けた分だけ体力は衰え、やる前から結果が見えてしまい、それをひっくり返してやろうという覇気も湧かない。病気とは無関係に、二人ともそういう歳になっていた。そこに加えて世間の方も、もはや安さと便利さ以外の新しさを求めていない。今あることのコストダウンや再編でしか利益を産み出せなくなった時代に、妙子や専務のような攻撃型経営者にできることは残されていないと思い知った。

「どの道、引退すべき時期やってんよ。どんだけ会社や国の将来を心配しても、自分に変える力がなくなった時点で余計なお世話でしかないやんか。まして未来を生きる若者自身が変えたがってないんやったらなおさらでしょ。それやったらウチらはウチらで、ええ時代を過ごさせてもろたことに感謝して、好き勝手やって死んでくだけよ。スッキリはせんけどそれしかないわなって結論になってやね、そっからはもうヤケクソで思っきり弾けまくったってん。面白かったよぉ。考えてみたら二人とも出会った時点ですでに経営者やら母親やらになってたから、一切の責任がない立場で遊べるなんて三十五年付き合《お》うてきて初めてやってん」

　旅の間は癌が消えたのではないかと思うくらい元気だった専務だが、ひと月かけて北陸も回って帰った翌週に急変。それでも入院を拒み在宅でターミナルケアを続けた末に、息子一家と妙子の家族に看取られ息を引き取った。

東京に暮らす息子を呼んだのは妙子だった。専務本人は病気のことを一切、報《し》らせず、周囲にも口止めしていたそうだ。女手ひとつで育て上げ、誰よりも愛した一人息子だからこそ、自分のことで悲しませたり煩わせたりしたくない。「最後の最後に息子を泣かせて終わるなんて絶対、嫌や」と拒まれたが、

「報らさずにはおれんやん。私も赤ん坊の頃から知ってる子よ。あの子の気持ち考えたら、とても黙ってられへんかってん。専務にはめっちゃ怒られたけど、最後には『そうしてくれることをどっかで期待してたんかもしれんわ、ありがとう』ていうてくれて……。もう私、申し訳ないやら悲しいやら嬉しいやらでわけわからんよになって、グジャグジャに泣いてしもてな」

妙子が号泣するなんて。俺はデコの涙といえば、笑いすぎたときかあくびをしたときくらいしか見た記憶がない。最後に別れたときでさえ、今にも泣き出しそうに顔を歪めながらも涙は浮かべていなかった。

「専務がおらんよになってしもてから、もう完全に気ぃ抜けてアホみたいにボーッとしてたら、半年後の人間ドックで今度は私の肝臓でしょ。これはもう絶対、呼んでくれてるんやと思て、正直、嬉しかったくらいやねん。ほんでね、いざ自分が同じ立場になってみると、専

務が息子に報らせたなかったほんまの理由がわかってきたのよ。悲しませたないのもあったやろけど、いちばんは死ぬのを邪魔されたなかったからとちゃうかなって」

「どういうことよ？　そんなん、邪魔しとうてもでけへんやん」

「できるって。それどころか、むしろ邪魔せずにはおれんでしょ。だって、本人が満足して死んでいこうとしても、周りは満足でけへんねんから。淋しかったり悲しかったり、まだ働いてもらいたかったり、自分が助けてやれんかったことを後悔させられたくなかったり、いろんな理由で死なせたくないわけやんか。私かて専務に死んでほしなかったもん。自分だけ残されるんが嫌やったから。そやけど逆に死んでく方としては、死ぬときくらいは誰にも何の気も遣わんと好きに逝かせてほしいのよ。ほら、象は死期を悟ると滝の裏の洞窟にある墓場に行くっていうやんか。象ですら、死ぬときはひとりで勝手に死にたいのよ」

「象の話されてもなあ」

「そら、まだまだやりたいことが残ってる若いうちは、自分も死にたないし愛する人とも別れたないから、できる治療は何でもするし、看取ってほしいとも思うんが当然よ。私も前の乳癌のときは、まだ死にたなかったから抗癌剤も我慢したし、死ぬときは家族に看取られたいと思ったたし。そやけどこの歳まで生き延びて、人並み以上に面白い人生を満喫できて、やりたいこともやれることも残ってない今となっては、もうええわ。夫も子供も幸せに暮らせてるし、仕事もきれいに引き継げたし、もう誰にもなんも求めへん。そやから私に対しても、これ以上なんも求めんといてほしいねん」

「そんな悲しいことといわんといてくれや」

「それよ、その反応！　皆、そうやって決まりきったきれい事しかいわんやろ？　死んでく人間が誰しも悲しんでもらいたがってる思たら大間違いよ。少なくとも私は悲しんでほしないわ。ていうか、悲しんでくれるんは勝手やけど、それを押しつけんといてほしいのよ。そら私かて、大事な人に死なれんのは悲しいよ。できる限りの治療は受けさせてあげたいし、死んでく最後まで諦めんといてほしいよ。ほんでも自分が死んでく段になったら話は別で、そんなん一切してほしないねん。勝手やと思うかもしれんけど、死なんといてほしいとか死なれて悲しいとか思うんも結局は見送る側の勝手やんか。それやったら死んでく本人の意志も尊重してよって思うわけ。死ぬときくらいは好きに死なせてよって。どんな葬式してほしいとか、どこの海に骨撒いてほしいとか、死んだ後のこと頼みはる人もいてるけど、私は死んでしもたら何されてもわからんからどうでもええわ。死んだ後はどうとでもしてくれてかめへんから、その代わり生きてる間は私の好きにさせてほしいのよ。死は最初から他人事やけど、生は最後まで自分のもんやから」

「そないまくしたてんでも……。でも、そこまでひとりで勝手に死んでく気まんまんやったら、ますますもってこの期に及んで俺ごときに頼むことなんかないやろに」

「そうか、ごめん、その話せんとあかんかったね。すっかり忘れるとこやったわ。いやな、余命告知されてから、やり残したこととか思い残すこととかほんまにないか、人生巻き戻して見直してたわけよ。終活ノートみたいなん作って書き出しながら。ほったら、なんと、あったんですわ。見事にやり残してたことが」

食事はとっくに片付けられ、その後、二回も紅茶をポットで頼んで胃がたぷたぷになっている。ルームサービスのたびに替えてもらった灰皿も吸殻だらけ。話が核心に迫るまでにかかった時間の長さを思うと、嫌な予感がまたぶり返す。

「自分でいうのもなんやけど、私の人生、恵まれてて、生まれてこの方やりたいことはたいがい実現できてきてたのよ。そやけど、たったひとつだけ思い通りにいかへんかったことがあったんを、思い出してしもてんわ」

「東大行って建築家になられへんかったことやろ？　俺のせいで」

「ひつこいなあ。アンタのせいはアンタのせいやけど、それは後悔してへんいうてるでしょ。建築かて、店や自宅建てるときに充分、楽しませてもろてるわ」

「ほな、何よ？」

「アンタと白浜に行かれへんかったことやんか！　驚くべきことにやね、あれが私の人生で唯一の、思い通りにいかへんかったことやってん。ほんで頼みごというんは他でもなくて、今度こそちゃんと連れてってほしいのよ。死ぬ前に、きっちり落とし前つけときたいの」

3

一九七六年の今日、八月十八日。高校三年の夏休みに、俺たちは大阪から和歌山の白浜までバイクで行こうとして、たどり着けないままで終わった。

付き合い始めて一年ちょっとで、初めて朝を一緒に迎えてから半年あまり。片時も離れたくない盛りだった。受験勉強が追い込みに入る前に誰にも邪魔されない二人だけの旅に出ようとなって、行先に白浜を選んだのは、その少し前に西梅田の名画座で『俺たちに明日はない』と『真夜中のカーボーイ』の二本立てを観たせいだ。前者のノーフューチャーな旅に憧れ、後者の主人公たちが目指したマイアミにあたる楽園はどこかと考えた末に、当時、関西ローカルのテレビCMでよく耳にした南紀白浜という地名が浮かんだ。『真夜中のカーボーイ』におけるマイアミは最先端のおしゃれなリゾート地ではなく大衆が夢見る時代遅れの卑俗な観光地だからこそ意味があり、近畿圏でそれに相当する場所は白浜をおいて他にないと意見が一致したのだった。

あえて団体客が泊るような所にしようとCMで見たホテルを予約し、家族には二泊三日で部活の合宿に行くと嘘をつき、お互いの友人にアリバイ工作を依頼した。阪和道はまだ一部しか開通しておらず高速道路でのバイク二人乗りも禁止されていた時代ゆえ、一般道で行くルートを地図を見ながら検討し、完璧な計画を練り上げたつもりだったのに――。世間知らずの若僧がどんなに知恵を絞ってみても、所詮は机上の空論で、成否は運任せにしかならない。そしてあのときの俺たちは運もなかった。

まず大阪市内の渋滞と猛暑を甘く見ていた。駿台模試で数学は常に全国で五十位以内に入っていたデコの計算力も、元になるデータを間違えていては用をなさない。北摂の郊外を走るのと同じ基準で算定したタイムスケジュールは、走り出して一時間も経たないうちに脆《もろ》くも崩壊。渋滞が激しさを増すにつれ気温と排ガス濃度も上昇し、予定の何倍もの信号待ちと給油と給水を強いられた。

その年の五月に神戸で暴走族が暴れて死者を出す事件があり、バイクへの風当たりが強まっていたことも災いした。白バイやパトカーに出会うたびに止められて免許とナンバーの照会に時間を取られ、エアコンがなく窓を全開にした車の横を通り抜けるたびに揶揄《やゆ》や罵倒がときには火のついた煙草と共に投げつけられる。赤いＣＢ４００に髪の長い少女を乗せて走る「いきった」ガキは、猛暑と渋滞で増幅された悪意の格好の餌食だった。

事実、いきっていたのだから仕方がない。苦労を知らずに育ったことが逆に負い目となって、好きで恵まれて生まれたわけではないと開き直り、自分たちを羨む人々を鼻で笑っていた。だが、そんな風にいきっていられたのも、恵まれた環境に守られていたからこそ。羨望を妬みに変えて歯を剥く世間に放り出されれば、俺たちは悲しいほど無力だった。

朝十時に箕面《みのお》を出て、和歌山市に入ったのが夜七時過ぎ。田舎の夜道の暗さも想定外で、ナビなどもちろんない時代。迷って地図を見直すたびにいい合いになることが増え、疲れと苛立ちが募っていく。日付が変わる頃になってもまだ南部《みなべ》あたりをうろつく始末で、ついにデコが音をあげた。「どこでもええから休ませて」と懇願され、もはやあえてではなくやむを得ず道沿いのさびれたモーテルに入り、蒸し暑い部屋の不潔なバスルームで出の悪いシャワーを浴びて湿ったシーツの上に倒れ込んだ。同じベッドで抱き合いもせず眠ったのは、あれが最初で最後だった。


それでも翌朝には元気も機嫌も回復し、海沿いの道を風を受けて走るうちに食欲も湧いてきた。予定外の給油と宿泊で出費がかさんだのでパンでも買ってすまそうと、通りがかりの食料品店に立ち寄り、煙草を吸うデコを駐車場の木陰に待たせて菓子パンとコーラを購入。釣り銭を待つ間に、彼女が好きだったヨーグルト味のキャンディが棚に並んでいるのを見つけ、こっそりポケットに忍ばせた。お金を惜しんだわけではない。当時、少なくとも俺たちの周囲では、その程度の万引きは煙草を吸うのと同じくらい罪の意識が薄い日常茶飯事だったのだ。

ところが、店を出ようとした途端、入れ違いに入ってきた作業服の男に腕をつかまれ、

「ナメとったらアカンぞ。ちゃんと見とったんじゃ」と引きずり戻された。振り払って逃げようとしたが腕を後ろにねじ上げられて抵抗できない。異変を察して飛び込んできたデコが「お金は払いますから」と謝っても、気のよさそうな店主が「許したげよや」と取りなしてくれても、男は「こんな大阪のクソガキどもにナメられとったら田辺の恥や」と聞く耳持たず、警察を呼べといって譲らない。

しぶしぶ一一〇番した店主が「せっかく買うたんやからパン食べてき」とパイプ椅子を出してくれ、「かんにんな。あの人、県会議員さんの息子やし、いい出したら聞かんさかい」と耳打ちする。俺がクリームパンにかぶりつくのを見て、デコは「よう食べる気するな」と呆れ顔で吐き捨てたが、大きくため息をついた後に「まあ、ここらの警察がカツ丼の出前とってくれるとも思えんから食べとこか」と、コーラのプルトップを引いた。その段階でもまだ俺たちは、警察に行ってもすぐに放免されるだろうと高を括っていたのだ。

事実、そうなるはずだった。未成年の万引きや喫煙をいちいち送検するほど和歌山県警も暇ではない。訓戒ですませようとしてくれたが、問題は未成年者ゆえ保護者の署名と引き取りが必要だったこと。そして俺の両親は、仕事で海外に行っていて留守だった。

わざわざ署までついてきて「あんじょうシメちゃりや」といい残していった県会議員の息子とやらのプレッシャーが、ここにきて効いてくる。調書だけでも「あんじょう」上げておかなければまずいとなって、取調官の矛先はデコに向かい、彼女は何もしていないといい張る俺の抵抗も虚しく家に連絡されてしまった。

彼女の父親が大阪から駆けつけるまでの五時間あまり、取調室で待たされた。「ごめんな」と繰り返すことしかできない俺に、デコが「もうええて！」と怒鳴ってからは、黙ったまま。夜になり取調官がラーメンの出前をとってくれたときになってようやく口を開き、「カツ丼やなかったね」と力なく笑い合う。それがデコと俺の最後の晩餐であり、最後に交わした会話だった。


夜遅く、車で引き取りに来てくれたデコの父親に、バイクを停めたままだった食料品店の前で降ろされた。一人で帰れといわれ、むしろホッとした自分が情けない。二度と娘に近づくなと強烈な平手打ちを浴びせられて尻餅をついたまま、肩を落としたデコの後ろ姿が遠ざかって行くのをリアウィンドウ越しに見送ることしかできなかった。

大阪までの数時間を、デコはどんな気持ちで耐えるのだろう。針の筵《むしろ》に一人で置き去りにされたのは、俺ではなく彼女の方だ。それを思うといたたまれず、胃が引き攣《つ》るほどの後悔と無力感に打ちひしがれる。地べたに座り込んだまま、木から落ちたクマゼミが息絶えるまでずっと見ていた。腹弁の鮮やかな橙《だいだい》色が、今も目に焼き付いている。

どうやって帰ったかは思い出せない。それほど疲れ果てていた。翌日の昼前に豊中の自宅に着き、そのまま次の日まで眠り込んだ。

目覚めてすぐ電話しようとして思いとどまる。携帯電話はもちろんなく、デコくらい裕福な家庭の子でも部屋に自分専用の電話など持たせてもらえなかった時代。うっかり電話して親に出られたら藪蛇だ。もちろん電子メールなど存在せず、手紙を書いても無事に彼女の手に渡る保証はない。

夜中を待ってこっそりバイクで訪ねると、デコの部屋の灯りは消えていた。次の夜も、また次の夜も。夏休みの残りの日々、時間を変えて何度訪れても同じだった。ショックと疲れで寝込んでいるのではないかと不安が募り、思い余って電話をかければ、案の定。最初は名前を聞くだけで、二度目からは声を聞くだけで切られてしまう。

どうすることもできないまま二学期を迎え、学校帰りによく待ち合わせた駅で待ち伏せしたが、それでも会えない。いくらなんでもおかしいので、意を決して共通の友人にそれとなく探りを入れると、デコは二学期から「受験に集中するため」学校により近い芦屋の祖父母の家から車で通っているという。

それを聞いて、もうひとつの疑問も解消した。あのとき彼女の父親は「君のご両親や学校にも責任とってもらうからな」といい残していったが、二学期が始まっても怖れていた呼び出しはなく、帰国した俺の母親も何もいってこない。デコが隔離と監視を受け入れるのと引き換えに父親を説得してくれたのではないだろうか。だとすれば申し訳なさすぎて合わせる顔がない。

後悔と未練で眠れぬ夜が続き、ただでさえ不足していた学力は低下の一途。二人で行こうと約束していた東大はもちろん落ち、さらに俺とは違い確実に受かるといわれていたデコが受験もせず、彼女の高校から進む生徒は稀な附属の女子大に入ったと知るに到って、完全に合わせる顔がなくなった。俺は逃げるように東京の予備校に行き、以来、今日まで逃げ続けてきたというわけだ。

4

こんなくだらない過ちで、俺は一人の極めて優秀な、そして自分が誰よりも大切に思っていた人の運命を変えてしまった。なのに三十九年経った今、彼女の方から連絡してきて、恨んではいないといってくれる。

　確かに、結果は同じだったかもしれない。もしもあのとき同じ大学に入れて一緒に東京に出ていたとしても、その後どうなったかはわからない。一人娘のデコが希望通り建築家になれていたところで結婚相手は家業を継いでくれる婿が望ましかったことに変わりはなく、俺にその役が務まらなかったことも明らかだ。

　だが、だからといって俺まで結果オーライと片付けてしまっていいはずがない。逃げて忘れてなかったことにしてきた過ちを、何の償いもできないまま許されても、かえって罪の意識が深まるばかりだ。

　妙子がこのタイミングで白浜の話を持ち出したのは、俺に償いの機会を与えるためだろうか。掌に刺さって折れた鉛筆の芯のように、いつの間にか痕跡も消えてどこにいったかわからなくなりはしたが確実に体内に残ったしこりを、最後に取り除いていってくれようとしているのか。いや、それはあまりにも虫のいい考えだ。逆にやはり俺を恨んでいて、忘れていた古傷をえぐり出そうとしているのか――。いずれにせよ、残された貴重な時間を費やしてまでやる必要があるとは思えない。

「でも、なんでまた、白浜なん？」

「いうたやん。やろうとしてでけへんかったことをやり残して死にとないからよ。きれいに落とし前つけときたいの。それができるんが、この病気の唯一ええとこでしょ？　あらかじめ死期がわかって、しかも死ぬまでに自由に動ける時間が残されてんねんから。どうせやったら、やり残したこと片付けてから死にたいやんか」

「でも白浜くらい誰とでも簡単に行けるやろに。それこそヘリで一瞬やん」

「アンタとロードムービーで行かな意味ないやん」

「むしろその方が意味ないやろ」

「私にとっては意味あんの！　アンタにとってはどうか知らんけど」

「いや、逆にデコにとっての意味がわからんていうてんねん。俺にとっては意味あるよ。三十九年間、ずっと心に引っかかってたことやから。でも、ずっと引っかかってたことやからこそ、そんくらいで償える気がせえへんちゅうか……」

「誰が償ってほしいいうた？　恨んでへんって、何べんもいうてるやん。アンタの過去の償いとかやなしに、私が今、新規にお願いしてんの」

「でも、ほんまにそれでええんか？」

「ええもなんも、是非にとお願いしてるんやんか。もう、ほんまに、相変わらず煮え切らん男やなぁ……」

軽くため息をついてうつむきかけたが、急にニッと笑って顔を上げ、

「まあ、急にいわれても困るやろから、すぐに返事してくれんでもええよ。その代わりというてはなんやけど、実はもう一個だけお願いがあんねん。さっき思いついてんけど。こっちは今すぐできる簡単なお願いやから安心し」

「安心できんけど、何？」

「あんな、さっきスマホでここらの地図見てたら、すぐそこに神田川が流れてるやん。ほんで渡った先に銭湯があるのよ。しかもググってみたら優秀なことに夜一時まで開いてんの。今から一緒に行ってくれへん？」

また突拍子もないことをいい出した。驚きや呆れを通り越し、心配になって目を覗き込むと、

「あっ、頭おかしい思てるやろ？　ちゃうて、まだ肝性脳症とか出てへんから安心し。ほら、あったやん、『神田川』って歌。あれをしてみたくなっただけ」

「いや、神田川で銭湯ときたらわかるけど、デコが死ぬほど嫌ってた世界やんか」

中学生の頃に流行《はや》った四畳半フォークの貧乏臭さへの嫌悪は、俺たちの気が合うポイント

のひとつだったはず。

「歳とると、そういうのどうでもようなってけえへん？　あの頃、嫌いやった歌謡曲でも今聴いたらええ曲やんかと思えたりして。最近ようユーチューブとかで聴いてんねん」

変われば変わるものだが、俺も思い当たる節はある。それにしても、よりにもよって『神田川』はないだろう。

「これもいうたらアンタのせいででけへんかったことのひとつやで。アンタと東京に出てきてたら、あんな風に一緒に銭湯行ってたかもしれんやん。それがでけへんかったせいで、私、このままやったら銭湯も知らずに死んでく可哀想な子になってまうよ」

いや、仮にあのとき一緒に上京できていたとしても、デコの両親は俺たちが同じ部屋で暮らすことはもちろん、彼女が風呂なしの部屋に住むことも許さなかったはずだ。

「それに今、銭湯、きてるらしいやん。インバウンドとかの影響で、クールジャパンとかいうて。アンタも職業柄、そういう世間の流行おさえといた方がええんちゃうん。な、行こ行こ。ちょこっと漬かるだけでええから、閉じてまわんうちに」

そういいながら、バスルームから二人分のタオルやアメニティを持ってくる。こうなるともう、何をいっても聞かないデコだった。なんだか微笑《ほほえ》ましい気持ちになり、この歳になって昔の恋人と銭湯に行くのも悪くない一興に思えてくる。

「わかったわかった、ほな行こ。ただ、その大《おっ》きいバスタオルはアメリカ人みたいやから置いてき。あとボディソープとかもたぶん向こうにあるから」

「でも体拭くのにバスタオル要るやんか」

「小さいタオルを何度も絞りながら拭くんが日本の庶民の作法やの」


「いや〜、ワクワクやね」

子供のようなはしゃぎぶりとは裏腹に、廊下を進む妙子の歩みは遅い。かつて人々が街を歩く速度が世界一といわれた大阪にあっても俺たちは特に早足で、同じペースで歩けたことも気が合うポイントのひとつだったのに。

ロビーに降りるとコンシェルジュが飛んできてドアを開け、「行ってらっしゃいませ」と送り出す。タオルと化粧道具をリザードのケリーバッグに詰め込んで黒服に見送られて行く銭湯って、どんな『神田川』やねん。

外に出た途端、眼鏡が曇る。今や亜熱帯と化した東京の夏の夜。アスファルトに籠もった熱気と湿気がじんわり昇ってきて体力を奪う。ホテルの前の広い道を渡る途中で信号が点滅しはじめ、少し早足になっただけで、妙子は早くも息を切らせた。

「もう、これやから難儀やわ。ごめんな、歩くのすっかり遅なって」

「それはええけど、銭湯なんか入って大丈夫か？　帰りがしんどなるんちゃう？」

「大丈夫やて。毎日、長風呂してるけど何ともないもん。単に歩くんが遅なっただけ」

「それやったらええけど。まあ、歩くんが遅なったんはお互い様やから、ゆっくり行こ。そういえば最近は大阪人も昔ほど早足やなくなったよな」

「ちゃんと並ぶようになったしね。若い子らがボーッとスマホ見ながらラーメン屋に行列してんの見ると、大阪も終わったなって悲しなるわ」

「一時間並んでる間にバイトしたらラーメン二杯分稼げるって考えるんが、正しい大阪人やったのにな」

「正しい大阪人はそもそもラーメンよりうどんやし」

そんなどうでもいい話をしている間に神田川に出た。コンクリートで固められた護岸の上を、それでもいくぶん涼しい、というよりは生暖かい風が流れていく。両岸に並ぶ木々の葉陰で、夜中だというのにまだ蟬が鳴いている。

「嘘ぉ、これが神田川？　こんな用水路みたいな川やったん？」

「どんな大河、想像しててん。元々が江戸市内に飲み水運ぶ用水路やってんから。それにこんくらいのしょぼい川やからこそ、あの歌の哀愁があるわけやんか。当時はもっと水も汚かったはずやし、二十年くらい前までは雨降るとすぐに溢れてたわ」

「あの歌の舞台って、この辺なん？」

「も少し行った高田馬場の先らしいよ。作詞した喜多條忠が早稲田の学生やった頃に住んでてんて」

「フォーク嫌いやった割にはよう知ってるやん」

「いや、だって、あの頃は流行も情報も今ほど多なかったから、嫌でも見聞きして覚えさせられてしもてたやん。歌なんか、ちょっと流行るとそこらじゅうでかかってたし。でもまあ、今にして思えば幸せな時代やったんかもよ。ああいう大人から子供まで誰でも知ってる流行歌って、たぶんもう二度と生まれへんやろから」

「確かに。私ですら覚えさせられてしもてるわ。『若かったあの頃　何も怖くなかった』……って、二十四、五の若僧が何ぬかしとんねん！　って感じよね。三十年早いっちゅうの。還暦間近まで生きて、たいがいの問題は解決できる経験と人脈と財力と実績を積み重ねてきて、家族や会社を守る責任もちゃんと果たせて、自分の限界もわかった上で人生の終りが見えたときに、初めて怖いもんがなくなったっていえんのよ。若かったあの頃は怖かったわ。何もかもがどうなるかもどうしていいかもわからんで、めちゃめちゃ怖かったわ」

「そうか？　あの頃でもデコは充分、無敵に見えてたけど」

「無敵のフリして、いきってただけやんか。アンタと警察に連れてかれたときかて、ほんまはめっちゃビビッててんから」

「いきってたんや。ふふ、俺もええ調子でいきってたな」

「そやで。四畳半フォークなんか死んでも聴かんとかいうて。それが今ではこうやって『神田川』口ずさみながら神田川沿いの遊歩道歩いて二人で銭湯行くみたいな、死ぬほど恥ずかしいことも平気でできてまうわけやんか。実はこっちの方が無敵やろ」

「おっしゃるとおり。若かったあの頃は、ほんまは怖いもんだらけでビビりまくってたからこそ、あれが嫌いこれが許せんて、いきってたんやろな。今にして思えば、その方がよっぽどカッコ悪いし恥ずかしかったわ」


妙子がスマホの地図で見つけた銭湯は、宮型造りの屋根を戴きコインランドリーを併設していた。体に障るといけないので長湯はしないと約束させ、三十分後に出ようと申し合わせて湯殿に入ると、ちゃんと富士山のペンキ画もある。妙子にとって最初で最後になるであろう機会に東京の正統派の銭湯を見せてやれたことが、なぜか嬉しい。

湯に漬かると、いきりまくっていた若い日の恥ずかしい思い出が泡と共に湧いてくる。音楽でも美術でも文学でも、難解でありさえすればカッコいいと思っていた。グラムからプログレを経て現代音楽を聴きはじめ、よくわからないコンサートを京都まで一緒に聴きに行って途中で寝てた寝てないといい争ったこともある。

あの頃は京都が熱かった。四条河原町から白川べりを岡崎まで歩き、美術展を見た後は南禅寺に寄って琵琶湖疏水の煉瓦造りの橋脚に隠れてキスをし、同じ道筋を戻って木屋町のフランソアという古い喫茶店でコーヒーを飲みながら語り合う——。それが最初のデート以来の定番コース。今ではとても歩く気にはなれない距離も、若かったあの頃の早足な二人には何の苦にもならなかった。

湯船を出て洗い場に立つと、膨れ上がった腹以外は全ての皮膚が弛《たる》み筋肉が萎んだ餓鬼のような体が鏡に映る。それでもショックを受けないのは、自分の体とは思えないからだ。若い頃からそうだった。視覚ではなく触覚や痛覚でしか自分の存在を確認できない。だから老いるということも、筋力の衰えや関節の痛みを通じてしか実感できない。

顔と体をおざなりに洗いながら、ふと気づく。そういえば、京都にホドラー展を見に行ったのが、デコとの最初のデートだった。昨年の暮れに日本で四十年ぶりに開かれたホドラー展を見たときに、俺は彼女のことを思い出していた。なのに今この瞬間まで、思い出したことと自体を忘れていたとは。衰えたのは体だけではない。

髪も洗わず漬かるだけだから三十分もかからないと豪語していた妙子は、十五分以上も待たされて心配になった頃にようやく、しっかり化粧を直して出てきた。

「遅いわ。夏やし毛ぇ無くなってしもてるからええけど、長髪時代で冬やったら洗い髪が芯まで冷えてリアル『神田川』になっとったわ」

「ごめんごめん。薬湯とかジェットバスとかあってひと通り試してたてん。あと、フルーツ牛乳初体験もしてきたよ。噂には聞いてたけど、これかぁ思て。最高やね、湯上がりのフルーツ牛乳。おかげで冥土の土産がひとつ増えたわ」

上気した顔で子供のようにはしゃぐ還暦間近のオバハンが、なぜかたまらなく可愛く思えてしまう。

「人待たせといて自分だけずるいやろ」

自販機でミネラルウォーターを買って飲みながら、神田川沿いの遊歩道をゆっくり歩く。

「なあ、最初のデートでどこ行ったか覚えてる?」

「京都やろ。こんな感じで白川べり歩いて、ホドラー展見に行ったやんか。そういえば、今年またホドラー来てたん、知ってる? 兵庫県立で見て、思い出したわ」

「俺は俺で去年の暮れに上野で見てデコを思い出してたことを、さっき風呂で思い出したわ。もしかして、それがきっかけで連絡くれたん?」

「それだけやないけどね……。そうや、私もいおう思てたこと思い出した。あのとき、ホドラーの風景画がなんか不気味で好きになれんていうたん、覚えてる?」

「覚えてるような、覚えてないような」

「あの不気味さの原因がわかってんよ。あれ、死後の世界やねん。専務が亡くなる前に一緒にスイスに行ったときに気づいたの。スイスの自然って、きれいに見えれば見えるほど死が匂いたってくる怖さがあんのよ。空気が薄いせいかなあ。無菌状態の恐怖っていうか、トマス・マンの『魔の山』の舞台になっただけのことあるわって感じで。それまでもスイスは何回か行ってて、風景見ても別に何とも思わへんかってんけど、死を意識すると見え方が違ってくんのよ。それと同じでホドラーの風景画も、高校のときは単に気持ち悪いとしか思えんかったけど、今見たらえらいきれいに見えて引き込まれてしもてな。あれはきっと、死が身近な人間にだけ美しく見える風景なんやわ……。何がいいたかったんかわからんよになってもうたけど、要するにホドラーの風景画に惹かれるようになったら死期が近いかもしれんから気ぃつけやってこと」

「それはまた、なかなか穿《うが》った新説やな。でもそれやったら俺は今回もまた風景画は素通りしてしもたから大丈夫やわ」

遊歩道を出て裏道に入ると、道端に停められたフォークリフトを避けながら妙子がいう。

「ここら、印刷所みたいな町工場が結構あんねんね」

「三十年前までは結構どころか、だらけやってんけどな。印刷、製本、製版、活字、写植、製函から箔押しまで、出版関連のありとあらゆる業種の町工場が、高田馬場から飯田橋まで神田川沿いにずーっとひしめいてて、夜中までぶいぶいフォークリフトが走り回っとったわ。それが全部、マンションや駐車場になってもうて。もう、ちゃんとした函入りの上製本は二度と量産でけへんかもよ。同期の奴らともよういうてんねんけど、俺らが入った頃は自分の会社が傾くことは想像できても、まさか出版業界そのものが消えてくとは思いもせんかったなって。まあ、そうしてしもた責任の一端は、俺らにもあるわけやけど。ほんま、グーテンベルクに申し訳ないわ」

「私らアパレルも同じよ。東大阪でも岐阜でも、ええ仕事してた町工場がこの三十年でどんだけ消えてったか。もうこの国では真面目にモノ作ってるだけでは生きてかれへんのよ。儲かってんのは自分では何も作らんと右から左に流してる人らだけ。まあ、私らもその口やけど、ほんでもまだ形のあるモノを流してきたやん。それが今や、電子で数字動かす方が儲かるんやから。ウチの息子なんかも商売より投資に熱心で、そっちの方が利益上がってたりもするから腹立つよね。私はそんなんでお金だけ儲けてもいっこも楽しないし、そんな世の中で長生きしたいとも思わんわ。そやから、ええ潮時やと思てんの。アンタらの仕事も、ぼちぼち辞め時なんとちゃう、知らんけど」

「辞めるまでもなくすぐに定年やけどな。ほんでも、なんか勝ち逃げみたいでスッキリせんわなぁ。若い奴らにも申し訳ない気ぃするし」

「出版業界の建て直しもできんくせにそんな心配だけする方がよっぽど無責任で申し訳ないし、大きなお世話よ。アンタらに心配してもらわんでも、若い子は若い子で勝手にやってくって。価値観がちゃうねんから。ウチの息子かて、私にはいっこも面白いと思えん投資を心底、楽しそうにやってるもん。どの世代もそれぞれの時代に合った価値観でしか幸せを感じられへんようにできてんのよ」

5

ホテルに戻ったときにはすでに日付が変わっていた。早く寝た方がいいと諭しても、薬が効いているから眠くないと聞かない妙子と、かつての共通の知人の消息などを語り合う。三時近くなってさすがにあくびが増えてきて、ようやく大阪でいうところの「今日はこんくらいで許しといたろか」という空気になった。

「ねえ、白浜のこと、マジで頼むよ。今やなくてええけど、できたら今週中に返事もらえたら嬉しいな。ほんで行ってもらえるとしてやね、急な話でごめんやけど、なんせ私がこの調子やから、できたら早い方が助かんのよ。いうても世間の夏休み中は混んでて鬱陶しいやろから、来月の前半でどう？　二泊三日くらいでスケジュール空けられへん？　私の方は、そこやったらいつでもＯＫやから」

俺もまだ夏期休暇を取っていないし、そのあたりのスケジュールはどうにでもできる。とはいえ、夜中に盛り上がった勢いで調子のいい返事はしない方がいいと、自らを戒める分別も持ち合わせている歳だ。

「わかった。必ず今週中にメールする」といって立ち上がろうとすると、

「あ、待って、大事なもん忘れてた。アンタにお土産があったんや」とクロゼットから出し

てきたのは、彼女のショップの小さな紙袋。受け取ると意外にずしりと重い。ソファに座り直して、梱包材に包まれた品をテーブルの上に出す。

「アンタ、まだ時計集めてるやろ？」

「集めてるってほどでもないけどな」

「そやろと思た、お見通しよ。それに比べてアンタの方は、私が日本有数のアールデコ時計コレクターになってたとは知らんかったやろ」

もちろん知らなかったが、彼女が一九三〇年代頃に作られていた〝カルティエ銘のレベルソ〟という珍しい腕時計をつけていることは、オムライスを食べる前から気づいていた。だから梱包材から透ける赤の色調を見ただけでピンとくる。

「もしかして、カルティエ？」

「ふふ、まあ開けてみてよ。絶対、喜ぶ思うで」

梱包材を解くと予想通り、赤いモロッコ革貼りのカルティエの箱。だが観音開きの扉を開いて現れたのは、期待をはるかに上回る代物だった。

「嘘やろ？　ミュステリオーズやん！　それもモデルA」

「おお、ちゃんとフランス語で呼んでくれてありがとう。持ってきた甲斐あったよ」

パンデュール・ミュステリオーズ。英語でミステリー・クロックと呼ばれることの方が多い。元時計師で近代奇術の父と呼ばれたロベール・ウーダンが考案した、指針が中空に浮かんだまま回転しているかのように見える不思議な時計だ。透き通った水晶と色とりどりの貴石を惜しげもなく使ったカルティエ製ミュステリオーズは、時計師のモーリス・クーエが手がけて一九二〇年代から三〇年代にかけ人気を博し、それだけでアールデコの宝飾史を語り尽くせるほど豊かで華やかなバリエーションが作られた。だが、通好みといえば、やはり一九一二年に最初に発表されたモデルA。黒か白のオニキス製台座に水晶の塊から削り出した無色透明のケースを据え、ダイヤで飾った指針を浮かべたモノトーンでミニマルなデザインは、アールデコのモダニズムを先取りしている。

「いやいやいや、ちょう待ってくれよ。なんぼなんでもすごすぎるって。こんなん、貰えるわけないいやろが。貧乏人からかわんといてほしいわ」

「アンタこそ金持ちナメんといてほしいわ。私、アールデコの置時計はカルティエだけでも三十個から持ってんよ。そのうち五個がミュステリオーズ。他のブランドも含めて、ええやつは全部、東京の美術館に寄贈することにして、今回も実はその打ち合わせで来ててんけど、その子はいうたら嫁入りし損ねた残りもんやねん。今ほどお金なかった頃に最初に買うた不動品で欠けや補修もあって、そこまで高《たこ》なかったから安心し」

「いうても充分、高かったやろ」

「当時はそれほどでもなかってんて。ほんでも最初に買うた子やから愛着あるし、残りもんやから福あるし。アンタやったら修理もできるやろうから、形見分けに引き取ったげてよ。

ウチの家族はアールデコにも時計にも興味ない奴ばっかりで、遺《のこ》してっても猫に小判やさかい」

「いや、さすがに貰えんて」

そういいながらも俺はケースをひっくり返し、どうしたらムーブメントを取り出せるかを早くも考えはじめている。もはや大人の分別も何もあったものではない。

正直、喉から手が出るほど欲しい。ただで貰うわけにはいかないから買い取ると格好をつけられればいいのだが、俺の貯金を全部はたいてもたぶん時価には遠く及ばず、かえって無礼な申し出になるだけだろう。

「ほら、欲しそうな顔してるやん。そういう顔で見てくれる人に引き取ってもろた方が、その子も幸せやねんて」

「そら欲しいことは欲しいに決まってるけど、貰えんて」

浅ましい考えを見透かされたのが恥ずかしく、あわててミュステリオーズを箱にしまう。

「ええから、ええから。頼むさかい持ってってたって」

妙子は俺の手から箱を取り上げ、無造作に梱包材でくるんで紙袋に入れ、再び差し出す。

「いや、だから貰えんて。まだ白浜行けるとも決まってないし」

「別にその交換条件とちゃうから安心してよ。単なる形見分けっていうたやん。私に謝りたいと思ててくれてたんがほんまやったら、罪滅ぼしに受け取ったって」

「罪滅ぼしの使い方、おかしいやろ……。わかった。ほな有難く頂戴するけど、ほんまにええんか？」

「ええどころか、こっちが是非にって頼んでんの！」

そういいながら妙子は紙袋ごと俺の体を押して出口に向かわせ、「ほな、絶対、連絡してよ。予定は九月の前半やからね」と念を押しながらドアを閉めた。


白みはじめる頃に帰宅し、妻と老犬を起こさぬよう忍び足で書斎とは名ばかりの三畳間に入り、ミュステリオーズの包みを開いてデスクに置く。書棚からスコッチとグラスを取り出してちびちび舐めながら、止まったままの指針を浮かべる透き通った文字盤越しに、デコと過ごした日々を思い浮かべた。

中之島の図書館で初めて出逢ったときのこと。京都でホドラー展を見た最初のデート。学校帰りによく待ち合わせた石橋駅近くの喫茶店の紅茶の味。箕面の百楽荘にあったデコの家の庭に咲いていたキンモクセイの香り。初めて夜を共にした彼女の部屋。そのとき流れていたデヴィッド・ボウイの曲。夜中に抜け出してバイクで向かい、暴走族に遭遇して逃げ回った六甲山。月に一度は通った西梅田の地下の名画座。アールデコ建築探索隊を略して〝デコ探〟と称し、訪ね歩いた阪神間のモダニズム建築群——。

忘れていたはずの記憶がシャンパンの泡のように次々に浮かんでは消える。どれもが驚くほど鮮明だが、怖いほど現実感がない。はたして本当にあったことなのだろうか。気づかないうちに記憶を書き換えてしまっていることは、俺に限らずよくあることだ。

何か残っていないかデスクの引き出しや書棚を漁ってみたが、あるはずがないことはわかっている。デコと俺は手紙など書く必要もないくらい頻繁に会っていたし、写真も今ほど気軽に撮れなかった。

軽いため息をついて諦め、デスクに置いたミュステリオーズを見る。針はきっかり十時八分を指したままだが、それを回転させる機構が見えない以上、本当に止まっているかどうかもわからない。俺がデコと過ごした日々も、どんなにはっきり思い出せても、それが現実だったと目に見える形で保証してくれるものは何もない。

だが、この水晶の塊は確かな重みと共に、今は間違いなくここにある。それを形見分けにと押しつけた小柄な老女をいじらしく思う気持ちも、疑いのない現実として実感できる。

証拠があるなしの問題ではない。現実とは常に今この瞬間にしか存在しえぬものなのだ。

水晶に封じ込められた動かない時計が、遠い昔の記憶を目の前の現実へと変えてゆく。気がつけば窓の外はすっかり明るく、早くも出勤する人々の足音が聞こえる。我に返って寝室に急いだが、妙子と白浜に行くことを考えてなかなか寝付けなかった。

6

目を覚ますと正午近く。妻はすでにどこかへ出かけていた。トイレの場所もわからなくなった老犬が撒き散らした排泄物を掃除して、冷蔵庫で萎びかけていたトマトを齧りながら食パンをトースターに入れ、コーヒーメーカーを洗ってセットし直す。娘が嫁ぐずっと前から、こんな暮らしが続いている。満足も不満もなく、ただ当たり前としか思えない日々の繰り返しの中で、齢《よわい》だけを重ねてきた。

何も起きないこの状態こそが幸せなのだと人はいう。だが本当にそうなのか。幸せは結果ではなく過程でしか実感できない。手に入れた瞬間から日常となり、失った瞬間に思い出と化す。何も変わらないことは不幸ではないが幸せでもないはずだ。

焼き上がったトーストにバターとジャムを塗ってコーヒーで胃に流し込み、昨夜の会話と共に咀嚼する。

「お互い不幸にはならへんかったやろ?」と妙子はいった。単なる言葉の綾だろうが、「幸せになった」とはいわなかった。俺とは比べものにならないほど多くの幸福を手に入れてきたはずの彼女もまた、それを実感できなくなっているのだろうか。

大名旅行より貧乏旅行の方が楽しく、幸せは金では買えないことに気づいたともいっていた。初めて銭湯に行っただけで、あんなにも喜んだ。かつてたどり着けなかった白浜に行きたいというのも単なる酔狂ではなく、妙子にとっては本当にやり残した楽しみのひとつなのかもしれない。事実、俺も昨夜からどんどん楽しみになってきているではないか。

リビングの片隅で死んだように眠っていた老犬が、パンが焼けた匂いを嗅ぎつけて足元に寄ってくる。ひとかけらのおこぼれ欲しさに、動かなくなった後肢を引きずりながら。毎日与えている薬とサプリメントをヨーグルトに混ぜて食餌皿に載せてやると、見違えるような活気で食らいつく。

自らの意志とは無関係に手術や投薬を施され、生かされるままに二十年。もはや飼い主の識別さえおぼつかなくなった今も、食い意地だけは衰えない。食欲だけで生きている。食べて出して眠るだけ。それでも「こんなに長生きできて幸せですね」と誰もがいう。

子供の頃に庭で飼っていた犬は、藪蚊に刺され続け三年でフィラリアに罹って死んだ。最後は立つこともできなくなっていたので鎖を解いておいてやったら、どう這って行ったのか植え込みの陰に隠れて冷たくなっていた。そこが象ならぬ犬の墓場だったのだろう。その前夜、近所の犬たちが一斉に遠吠えを交わしていた。仲間が死に行くことを本能で察知して悼んでいるかのような、悲しくも雄々しい響きだった。

あの犬の七倍近くも生き永らえ、冷房が効いた蚊のいない室内で空になった皿をいつまでも舐め続けているこの犬が、より幸せだとは思えない。むしろ人間と同じくらい不幸に見える。

出社したときには午後一時を回っていた。雑誌編集者でさえ昼前に出社する昨今では顰蹙《ひんしゅく》ものだが、終身雇用と年功序列の日本企業は長く居座った者の勝ち。この歳になれば、年下の上司に面と向かって非難されることもなく、よほどのことがなければ解雇や減給のおそれもない。だからといって長生きしてよかったとは喜べず、むしろ長生きするものではないと情けなくなる一方だが。

何食わぬ顔で席に着くと、ある女性誌の編集長からの架電を伝えるメモが三枚もデスクに貼ってある。どうせろくな用ではないだろうと折り返すと、案の定。俺が担当するファッションブランドの記事風広告《タイアップ》で、今シーズンのテーマのひとつとして反原発をうたっているが、「本誌が特定の政治的主張を支持していると誤解されかねないので表現を変えてほしい」ときた。

校正紙《ゲラ》で確認すると、反原発メッセージがプリントされたTシャツを着たモデルの写真につけた見出しと本文に、指摘された記述が確かにあった。文字の直しは初校の段階でいってくれよと思いながらも、「すぐに伺います」と電話を切る。

その編集長は二十ほど歳の若いかつての部下だが、昔からびっくりするほど仕事ができず、おかげで無事に出世できた。利益が少なく損失が大きい不況期には、成果の多さより失敗の少なさの方が評価されるからだ。仕事に失敗はつきものであり、仕事をしなければ失敗もない。ゆえに不況期には仕事ができない奴ほど出世して、責任を取らない上司になる。

責任を取らない上司を説得するのは簡単だ。責任を問われる可能性を示唆した上で、逃げ道を与えてやればいい。写真の撮り直しは追加費用が生じて局長決裁が必要になるので文章だけ変更し、クライアントに表現の自由を主張されると厄介なので「反原発」を「エネルギー問題」に変えさせてもらうくらいの落とし所でいかがですかと提案すると、手もなく納得してくれた。

「うん、それでお願いします。いや、さすがですね。見出しと本文の表現さえ変えとけば、写真のメッセージTの方は英語だから気になりませんよね」

ドイツ語だよ。「Atomkraft Nein Danke」って書いてあるだろ。これで東大出というのだから、二度も落ちた自分が嫌になる。

出版社に入りたての頃、編集者の仕事の半分は謝ることだと先輩から教えられ、実際にその通りだった。最初は気が重かった謝罪も、数をこなすうちに「トラブル解決は俺に任せろ」と意気に感じるようになり、最後は単なる惰性となった。今は気よりも体が重く、謝罪より移動の方が面倒だ。席に戻って一息つくと外に出たくなくなるので、その場でクライアントに電話をかけて直接、向かう。

途中で涼みがてらに買った人気店のジェラートを手土産に事情を説明すると、先方の広報責任者は「ウチも変に炎上したくないですから」と、あっさり了承してくれた。ブランド広報が〝クリエイティヴなカタカナ職業〟だった三十年前なら、表現がどうの世界観がこうのと一悶着あったところだ。就職氷河期以後の世代は、劣等感の裏返しにすぎないそんなプライドは何の得にもならないと知っているから、〝大人の事情〟を抵抗なく受け入れてくれる。その代わり、「もちろん編集ページでちゃんとフォローしてくださいますよね」と、弱みにつけ込んで実利をむさぼる貪欲さを恥じてもくれない。


社に戻ると、同僚が背後から寄ってきて、「またあの東大バカにやられたんだって？」と嬉しそうに肩を揉む。彼もかつてはその東大バカの上司だった。この部署は、行き場を失った元編集長の吹き溜まりだ。飲みにでも行くかとなって、近所の居酒屋で生ビール。

「でもなあ、今や東大バカですらまともな方だぜ。どんどんひどくなってるから。今年の新卒なんて編集志望が半分以下だってよ。給料がいいってだけで入ってくるから、仕事は楽な方がいいんだと」

「今日の編集部側の担当もその口だよ。上司があたふたしてんのに、平気な顔してずっと自分の席でパソコン見てやんの。俺らに制作丸投げとはいえ一応は担当だし、撮影にも立ち会ってゲラだって見てるはずじゃん。なのに完全に他人事だもん。あれじゃ東大バカも苦労するよ」

「あいつの上の役員がまた、若僧どもを甘やかすから」

「若い奴ら集めてワイン会とか開いてフェイスブックに上げてんだろ。団塊の世代って、なんであそこまで必死になって若者に媚びるかな」

「自分がまだまだ若いと思いたいからでしょ。俺らみたいなシラケ世代と違って飢えを知ってるらしいから、何に対してもがっついてんだよ。飯にも金にも女にも、若さにも長生きにも肩書きにも。あいつら、ほっとけばずっと会社にいるぜ」

「なんだか東大バカが可哀想になってきたぞ。雑誌作りが楽しかった時代も知らないで、いつまでもがっつく役員とどんどんバカになってく部下に挟まれて、ますます先細ってく業界であと二十年は働かなきゃなんねえんだからな。頑張れ、東大バカ」

「遠くから応援してるぞってか。確かにあいつも大変だろうな。編集長ったって、今じゃ広告営業と同じだし。スポンサーや読者からクレームがきませんようにって、そればっか考えてなきゃなんねえんだもんな。そんな雑誌、作る方も読む方もちっとも楽しくないわ。まあ、逆に俺たちが恵まれてたんだよ。雑誌が面白くて売れてた時代に好き勝手できて、あと三年も我慢すれば退職金満額もらって逃げ切りだから」

「でも、その先を考えるとなあ。今や出版業界どころか日本全体がジリ貧で、よくなる見通しゼロじゃんか。俺たちだって、どんどんダメになってく社会で、どんどん衰えてく体引きずって、どんどん安くなってく年金を頼りに、どんどんボケてく親といつまでもスネを囓る子供の世話しながら、まだ二十年かそこらは生きてかなきゃなんねえんだぜ。東大バカの心配してる場合じゃないかも」

「なんか、締め切りよりだいぶ前に原稿書き終えちゃってる感じだよな」

「まさにそれ！　名言出たね。人生も原稿と同じで締め切りが遅い方がいいとは限んないよな。時間かければいい原稿が書けるわけでもないし」

「なのに、手を入れれば入れるほど悪くなってくタイプの作家に限って締め切りを延ばしたがるんだよ。団塊世代みたいにな」

「俺ら、もう充分、満足できる原稿が書けちゃってるからなぁ。大した作品じゃないけどさ。かといって今さらどう手を入れても、これ以上よくはなんねえし。ヘタにいじりたくなる前に、さっさと入稿しちゃって楽になりてえよ」

「だから早く入滅できるように、こうやって酒飲んだり煙草吸ったり夜更かししたり、頑張って不摂生してるわけですよ」

　そんな馬鹿話をしているうちに、妙子の気持ちがわかるような気がしてきた。彼女は俺より一足早く、自らの人生を納得できる形で書き上げたのだ。それも堂々たる大長編で。もう何十年かけようがこれ以上はよくならず、それを超える新作を書きたいとも思わなくなるほどの会心作を。人生を脱稿するのに、これ以上いい潮時は確かにない。

白浜行きは、いわばその大長編のエピローグ。若く無力だった頃の苦い思い出を上書きする後日譚を最後に添え、〝回想オチ〟で時間の輪を閉じる趣向だろう。上手く決まれば全体が締まるが、下手に付け加えれば蛇足になる。作家の腕の見せ所だ。あのデコが何をどう書くつもりか、元編集者としては大いに興味をそそられ、見届けたい。

いや、今さらこんな無理やりな譬《たと》えをこねくり回してまで自分を納得させる必要はないだろう。俺は昨夜からすでに白浜行きが楽しみで仕方なくなっているのだから。今日一日、明らかにワクワクして浮わついていた。寝不足なのに東大バカやクライアントに機嫌よく対応できたのもそのおかげだ。

酔った勢いも手伝って、帰りの電車の中から「白浜、九月第一週いつでもＯＫ」とメールを送る。家に着く前に返信が来て、二泊三日のスケジュールが決まってしまった。

7

社に寄って仕事を片付けてから、暗くなる前に大阪に入って中之島に向かう。出発当日に移動するのは大変だからと、妙子が前泊用のホテルを取ってくれた。三十九年前と同じ朝十時にそこで落ち合い、彼女の車を俺が運転して白浜を目指す。完全再現といきたいところだったが、妙子はもはやバイクの後ろに乗れる状態ではないし、あのとき迎えに行った箕面にも住んでいない。

だが、彼女の会社が贔屓《ひいき》にしてきたホテルが中之島にあったおかげで、そこが集合場所になった偶然には、過去を再現する以上の意味がある。ここは四十年前に俺たちが初めて出会った場所なのだから。止まっていた時計の針を再始動させるのに、これほど相応しい出発点は他にない。

チェックインを済ませ、荷物をフロントに預けて外に出た。中之島をゆっくり歩くのも何十年ぶりだろう。景色が変わりすぎていて、昔を懐かしむよすがもない。ガラスで覆われた高層ビル群が夏の夕陽を照り返して無機質にギラつき、見知らぬ街に迷い込んだような疎外感を募らせる。

御堂筋に出たところでようやく記憶と現実が重なって、月日の流れを実感できた。日銀の大阪支店は昔のままだが、その向かいに建っていたネオルネサンス様式の市庁舎が、味気ない直方体に変わっている。

デコと中之島に来るとき、地下鉄の淀屋橋駅を出て最初に迎えてくれたのが、旧市庁舎の塔だった。帰りたくない二人に門限を過ぎていると警告し、駅へと急がせてくれたのも、毎夜十時にあの塔で鳴る「みおつくしの鐘」だった。

あの頃、旧市庁舎を含む中之島の近代建築群の建替計画に反対する市民運動が起きていて、たしか俺たちも署名したはずだ。それでも旧市庁舎は守り切れなかったことを思うと、二人にとっていちばん思い出深い府立図書館と中央公会堂の二棟だけが無傷で残った僥倖《ぎょうこう》にも、運命めいたものを感じずにはいられない。

閉館時間を過ぎて人影のない府立図書館の石段に腰掛け、新大阪駅のキヨスクで買ったハイライトに火をつける。この場所もとうに喫煙禁止になっているだろうから、こっそりと。それでも紫煙は立ち昇り、この暑い中を酔狂にもジョギングする人々が憎悪と侮蔑に満ちた一瞥《いちべつ》をくれてゆく。

デコと別れてからの三十九年間は、紙巻き煙草と紙の本が居場所を失ってゆく日々でもあった。人は煙草を吸わなくなった分だけ走り、走る分だけ本を読まなくなった。そんな時代に、明治期に建った図書館の前で高度成長期に発売された煙草を吸えば、嫌でも昔を思い出す。

一九七五年七月十日、高校二年一学期の期末試験が終わった日に、デコと俺はこの石段の上で初めて出逢った。一緒に来ていたそれぞれの友人が幼馴染だった偶然で。

夏だというのに黒い七分袖のワンピースから青白い肌を覗かせ、紹介されても前髪の陰からちらっと見上げて「どうも」と会釈したきり黙っている。デコの第一印象は、山口小夜子というより浅川マキ。ぶっきらぼうで、取り付く島もなさそうだった。

ところが、彼女たちが大阪の近代建築に関する資料を探しにきたと聞いて何の気なしに「御堂筋線の駅とかもアールデコっぽいよね」と口にした途端、急に顔を上げて「やっぱりそう思いはります?」と食いついてきた。その瞬間から、まるで別人。薄暗かった舞台に突然ライトが当たり、浅川マキに代わって山口小夜子が立っていた。

たぶん俺はその一瞬で恋に落ちたのだろう。さほど知識も興味もなかった建築の話を、無理して絞り出していたのだから。近代建築といっても例えばこの府立図書館はモダニズムの対極にある古典主義ではないか、などと知ったかぶって。同感だが古典主義というよりネオバロックではないかと、すかさず応酬するデコ——。彼女は大阪のオバハンという以上に、今でいうオタクの走りだった。普段はシャイで人見知りだが、ひとたび自分の興味の対象に話が及ぶと相手の反応おかまいなしにしゃべくりまくる。

純ちゃんと呼ばれていた彼女の友人が、「あ〜あ、知らんよ、火ぃつけてしもて。デコ、よかったな、ええお仲間が見つかって」と笑う。いつの間にか石段に座り込んで話す俺たちを、互いの友人は立ったまま呆れ顔で見ていたが、デコが「すぐそこの水晶橋にもアールデコの意匠があるから見に行かへん？」と提案したタイミングで、純ちゃんが「いや、私らは遠慮しとくから二人で行ってき」と気を利かせてくれた。

「私があんたらのキューピッドやってんからね」と、純ちゃんはその後もデコの両親へのアリバイ工作をはじめ何かと応援してくれた。デコが芦屋の祖父母の家に幽閉されていたことや、東大を受けず女子大に進んだことを教えてくれたのも彼女だった。その純ちゃんは、同じ女子大に進み最初に出した店にも参加したが、卒業と同時に結婚して専業主婦になり、今も元気に暮らしていると、先日、聞いた。純ちゃんの幼馴染で俺の高校の同級生だったフッくんは、医者になって煙草もやめていたのに肺癌に罹り、六年前に逝ってしまったが。

水晶橋は、府立図書館から本当に「すぐそこ」の堂島川に架かっている。大阪市土木部技師だった伊藤正文の設計による四連アーチが美しいモダンな石橋で、元々は汚泥を押し流す水を蓄える可動堰だったそうだ。

それまで何度も前を通っていながら、俺は橋の名前すら知らずにいた。鉱物好きとして恥ずかしいと告白すると、デコは「私も結晶や正多面体、大好き！」と笑い、「ほてね、ほてね、見てほしいんはここなんですよ」と、親柱の頂を飾る照明を指さす。水平のラインが入った三角柱を組み合わせた意匠は確かにアールデコっぽいが、その上に載るランタンの装飾は妙にクラシックでちぐはぐだ。それをうっかり指摘すると、デコのマシンガントークに火がついた。中之島を彩る洋風建築群の設計者のフルネームがポンポン飛び出し、日本の近代建築史における東大系と早稲田系の違いにまで話が及ぶ。どんどん早口かつ砕けた口調になっていき、理解が追いつかなかったが、俺は引くどころかむしろ惹かれていく一方だった。

ひとしきり講釈を拝聴して図書館に戻ると、友人たちの姿はすでになく、「付き合いきれんから先帰る。建築談義を楽しんで」と書かれたノートの切れ端がコーラの空き缶の下に残されていた。二人の気遣いに心の中で感謝しながら「やられましたね。どうしましょ?」と振り返ると、デコはいささかも動じず眼を輝かせてこういった。

「ほな、せっかくやから水晶橋渡ってみません?　渡った先にちょっと興味深い建築があるんですよ」

堂島川を渡り、大江ビルヂングという分離派風の建物を見に行ったのが、後の〝デコ探〟の始まりだった。

それからまた中之島に戻り、公会堂の食堂でコーヒーを飲みながら日が暮れるまで話をした。半地下の窓から差す夕陽の帯が二人を包み、だんだん空気の密度が増していき、休みなく話し続けるデコの声が次第に遠くゆっくり聞こえてくる。まるで透きとおった黄水晶に封じ込められていくように。

脳髄が痺れる一方で皮質は覚醒し、涼しいけれど温かい――。そんな不思議な多幸感を、俺はその後一年あまりの間、何度も味わうことになる。

あの頃、デコは箕面の百楽荘に住んでいて、同じ阪急線だからと一緒に帰った。淀屋橋の駅でまたひとしきりアールデコ的な意匠の話になったが、俺は次に会う約束をいつ取り付けるかで頭がいっぱいで上の空。梅田に着いても切り出せず、自分も急行で石橋まで行って普通で戻った方が早いからと見え透いた嘘をついて同じ電車に乗り込んでもまだ、建築話を続けるデコを前にタイミングがつかめない。石橋駅に着き、彼女が「今日は付き合ってくれてありがとう。楽しかった」と箕面線のホームに向かおうとしたところで、ついに後がなくなって踏ん切りがつき、

「今、京都でホドラー展やっててんねんけど一緒に見に行きませんか？」と、咄嗟《とっさ》の思いつきで申し出た。するとデコは足を止めて振り返り、「ホドラー？　私も見たい思てたんですよ」と、山口小夜子の笑顔で答えてくれたのだった。その場で住所と電話番号を交換し、二人の時間が始まった。

それからも、何度この図書館の石段を昇ったかわからない。たいがいは〝デコ探〟で訪れる建物の資料を探すためで、「また〝建築の子ら〟が来た」と司書たちに顔を覚えられてしまったほどだ。建築の子らが洋服のオバハンと雑誌のオッサンになろうとは、本人たちも夢

にも思っていなかった。
そういえば、この石段での出逢いを二人とも『ある愛の詩』のワンシーンみたいだと思っていたことが後にわかり、どの場面か確かめようと名画座に観に行ったこともある。ところが、なぜかそれらしきシーンが見当たらない。梅田の地下街にあった喫茶店が月に一度だけ十円で出していたカレーを食べながら、「絶対あったと思てたのに」とさんざん不思議がった末に、「むしろ二人して同じ勘違いをしてたことの方が奇跡やね」という結論に落ち着いた。映画でも建築でもロックでも小説でも、何を見聞きしても同じ感想を共有できたのは、得られる情報が限られていたせいもあっただろう。だが、そういう時代にあってもなお、そこまで気が合う相手と出逢ったのはお互いに初めてで、運命を感じずにはいられなかった。

煙草を吸い終えて腰を上げ、裏手に建つ公会堂に向かう。外壁がきれいに化粧直しされ、図書館に来るたびに寄っていた食堂にはオープンテラスができていた。さらなる改装に向け、すでに休業しているようだ。灯りの消えた窓から覗くと、昔とはうって変わったこじゃれた内装がぼんやり浮かぶ。これをさらに変える必要があるだろうか。おしゃれな高級レストランはどこにでもあるが、モダンと簡素が同義だった時代の味と値段を保つ食堂はこの建物にしか似合わなかったのに。妙子がいっていた通り、変えなくてもいいことを無理に変えて台無しにしようとしているとしか思えない。

やるせない気持ちを水に流そうと、堂島川に出てみると、水晶橋がライトアップされていた。照らし出された橋脚が黄色い光の柱を水面に投じ、その名の通り黄水晶が五本並んでいるようにも見える。あの頃にはなかった光景だ。ここは変えて正解だった。妙子に教えてやりたいと思ったが、彼女はとっくに知っているだろう。

そのまま水晶橋を渡って大江ビルヂングまで足を運ぶ。嬉しいことに、ここも昔と変わらぬ姿で残っていた。階段脇のロングケースクロックは今なお時を刻み続け、学校のような廊下に並ぶ法律事務所の古びた看板も健在だ。

再び中之島に戻り、公園を東に進む。バラ園やら何やらができ、きれいに再整備されていたが、花のない季節にはかえって殺風景。天神橋のアーチを潜れば、昔はなかった巨大な螺旋スロープが視界を塞ぐ。せっかく気をよくしていたのに、また「変えんでええこと」ばかりが目に付いてきた。

天神橋を過ぎると、いよいよ剣先にたどり着く。中之島の東の果て。上から見ると水晶の先端にそっくりな形をしていて、二人のお気に入りの場所のひとつだった。

ここにも見たことのないガラス製のオブジェが置かれ、ライトアップされている。帆船の舳先《へさき》をかたどっていて悪くはないが、屋上屋を架す野暮も否めない。剣先自体が中之島という巨大な船の舳先なのだから。

俺たちはいつも柵を乗り越え、舳先に立って川を眺めた。正面から押し寄せる流れが二手に分かれてゆく様をずっと見ていると、逆に中之島の方が前進しているような気がしてくるとデコはいい、

「見て、ロールスロイスの先っちょについてるサモトラケのニケみたいやろ」と、流れに身を乗り出し両腕を後ろに広げてみせた。当時はまだ長かった黒髪を風になびかせ、むき出しになった広い額を輝かせながら。「ニケはええけど落ちるで」と、思わず後ろから抱きしめる。今にして思えば、俺たちは後の『タイタニック』の有名なシーンを先取りしていた。

「ねえ、ここで川が分かれても、先でまた合流するやんか。私ら、中之島で出逢《でお》たさかい、もしも万が一別れることがあっても、絶対またいつか逢えるような気ぃするわ」

「縁起でもない話せんといてくれや」

四十年前、俺たちはこの剣先で、そんな会話を交わしたはずだ。まさか本当にそうなろうとは思わずに。あのとき自分がいったことを、妙子は覚えていてくれたのだろうか。


スマホを取り出して、地図を見る。便利な時代になったものだが、なければないでやっていける。それどころか、なまじ地図が見られたせいで、余計な発見をしてしまった。剣先で土佐堀川と堂島川に分かれた大川は、確かに中之島の西端で再び合流するが、その場ですぐまた安治川と木津川に分かれてしまうのだ。前者はそのまま西進して大阪港に注ぎ、後者は

大阪市内を南下して南港へと向かう――。再会、一瞬やん！

がっくりきたところに追討ちをかけるかのように、突然、警告音が鳴り響く。何事かと思ったら、ガラスの舳先から水が噴き出し、大きな弧を描いて川に注ぎはじめた。ご丁寧なことにその噴水がライトアップまでされている。剣の先っぽから黄金色に輝く放水って、どんな小便小僧やねん。

すっかり興醒めしてしまい、天神橋からホテルまでわずかな距離をタクシーで戻る。閉店間際のレストランでオムライスを食べ終えたところで一気に疲れが襲ってきた。時計を見ると、かれこれ三時間以上は歩き回っていたようだ。

部屋に戻って風呂にゆっくり漬かり、ビールを一本空けて、ようやく落ち着く。昔の方がよかったと年寄りの感傷に浸るより、明日に備えて寝ておこう。妙子が取ってくれていたスイートルームのベッドは快適で、瞬く間に眠りに落ちて熟睡できた。

8

切なさに耐えきれず目が覚めたが、どんな夢を見ていたのかは起きた瞬間からもう思い出せない。ただ淋しいとしかいいようのない感情の水溜りだけが心に残り、窓外に広がる青空を冴え冴えと映している。東京より少しだけ濃い青に、かすかに灰色が混ざるのは、空気が乾いてきた証拠。大阪の夏の終りによくある空だ。

こんな気持ちで目覚めるのは何年ぶりだろう。高校時代にはよくあって、むしろ楽しみにしていたものだ。冷たく澄んだ淋しさの水溜りには感傷の角砂糖が潜んでいて、やがてじんわり溶け出してくる。サウナで体の芯に溜め込んだ熱が、水風呂で凍えた肌に沁みわたっていくように。その甘ったるい感傷に浸っていたくて、誰とも口をきかずに過ごした日もあった。

雑誌編集者時代に身についた不規則で短い睡眠では、ろくに夢も見られない。久しぶりに夢を見て懐かしい気持ちで目覚められたのは、昨夜、昔を思い出しながら歩き回り、疲れてぐっすり眠れたおかげだろう。少し若返った気さえするほど体が軽い。

妙子が食事を摂れない場合に備えて朝食をビュッフェでたらふく詰め込み、ラウンジでコーヒーを飲みながら待つ。スマホで白浜の天気を調べると、こちらも三日先まで晴れマーク。

そういえば俺たちはあの頃も、デートで雨に降られたことがほとんどなかった。

到着の報らせを受けて表に出ると、車寄せに停めた真っ赤なメルセデスSL550の前で妙子が若い女性と話していた。美容院に行ったのか髪を淡いアッシュグレーに染め、白さを目立たなくしていたが、半月前よりさらに痩せて縮んで見える。嫌な予感が胸をよぎるが、俺に気づいてパッと明るくなった笑顔を見れば何もいえない。不安が顔に出ないよう、努めて明るく声をかけた。

「またえらい、いかつい車で来よったなぁ」

「ええやろ？　これ、上開いてオープンになんねんよ」

「そんくらい知ってるわい」

話し始めると、少なくとも半月前と同じくらいには元気そうで安心する。

「日本のマイアミ走るにはやっぱりオープンカーでしょ。しかもあんときのアンタのバイクに似た色やし、って、たまたまやけどね。この車、前に話した専務とロードムービーの旅に行くときに買うてんわ。見た目と違《ちご》て私らでもいけたくらい運転しやすいから安心し」

「俺もCクラスやったら乗ったことあるけど」

「同じ同じ。右ハンドルやし、レーダーセーフティもついてるし、楽勝やて」

傍らに寄り添う女性が息子の嫁であることは、紹介される前から予想がついた。どことなく雰囲気が妙子に似ている。元は自分の秘書として他社から引き抜いたといっていただけあって、見るからに仕事が出来そうだ。

「この度は義母《はは》が無理なお願いをして本当に申し訳ございません。ご存知かと思いますが、いい出したら聞かない性分でございますので」

差し出された名刺には、携帯電話の番号とメールアドレスが手書きで添えられていた。トランクを開け、念のため用意したという折り畳み式の車椅子を出して使い方を説明しながら
「ああ見えてあまり容態がよくありませんので、何かありましたらお手数ですがすぐに名刺の番号に電話かメッセージでご連絡いただけますか」と小声で耳打ちし、再び元の声量に戻して「それでは、お世話をおかけいたしますが、どうかよろしくお願いいたします」とSLのキーを手渡す。最初の挨拶を交わしてから「お気をつけて行ってらっしゃいませ」と送り出すまで、わずか三分。実に水際立った対応だ。

「めちゃめちゃよう出来た嫁さんやんか」

「やろ？　嫁に取る前に私がみっちり仕込んであるから」

「デコの若い頃にちょっと雰囲気、似てるかも」

「ちゃうて、あの子は専務に似てんのよ。いちいちいわんでも思たとおりにしてくれるとこか。まあ、私の個人的な価値観まではわかってへんけど、そこはジェネレーションギャップでしゃあないやんか。そやのに理解しようとして、いらんことまでしてくれんのが玉に瑕《きず》

かな。いうたら、あの子はちょっとだけ出来すぎてんねん」

屋根は閉じたまま出発した。カーナビに目的地を入れると、所要時間は二時間十三分と出る。三十九年前はバイクで高速が使えず道に迷いもしたとはいえ、十四時間かけてもたどり着けなかったのに。

「これ、間違うてへんか。なんぼなんでも早すぎるやろ」

「今は高速一本で行けるから、そんなもんでしょ」

距離は一六九キロと出ている。高速一本なら確かに二時間で着いても不思議はない。逆にいえば、あのときの俺たちは一時間に十キロ程度しか進めていなかった計算になる。

大阪市内の一般道も、当時とは比べものにならないほど空いていた。

「あんときもこんくらい空いてたらよかったのにな」

「そんだけ大阪が景気悪なったってことよ。インバウンド景気とかいうても上辺だけやし。あの頃は万博終わってオイルショックとかもあったけど、そんでも今よりずっと街に活気があったやんか」

「確かにな。最近は来るたびに街が綺麗なってるけど、その分、猥雑な生命力が失われてってる気ぃするわ」

「やろ？　夢よ再びで無理やりまた万博やっても、末期に抗癌剤入れるみたいなもんで逆に死期を早めるだけやて」

波除《なみよけ》から乗った高速はさらに順調に流れていた。アクセルを踏み込むと、さすがにＳＬはパワーがあって加速がいい。

「やっぱりＣクラスとは全然ちゃうな」

「そらそうよ。二〇〇キロくらい楽勝やから、好きなだけ踏んでええよ。オービスくろても私とこに葉書来るだけやし、無視して死んでったるから安心し」

「そんなんいわれたら、かえって安心でけへんわ」

法定速度で走っても、あっという間に港大橋を渡ってゆく。伏見稲荷の鳥居のように頭上に連なる鉄骨の朱が、真っ青な空に映えて目に痛い。

「港大橋越えると旅行気分出てくるよね。なあ、スマホになんか音楽入れてへんの？」

自動運転に切り替えて、ブルートゥースでスマホをカーオーディオに繫ぐ。裏を効かせた三拍子のドラム音がフェイドインして、デヴィッド・ボウイが「我々に残された時間はあと五年」と歌い出す。初めて一緒に過ごした夜に聴いたアルバムだ。

「いきなりかい！　どんだけベタな選曲やねん」

やはり妙子も覚えていたようだ。軽くリズムを取りながら、歌詞を口ずさみはじめる。そしてボウイが独特のこぶしを効かせて唸る箇所に来ると、二人とも待ってましたとばかりに大声で合唱するのだった。

あのときもそうだった。「やっぱりここ気になるよね」と笑いながら顔を見合わせ、そのままキスした瞬間に、I kiss you, you're beautiful と流れてきた。そんな些細な偶然が、いちいち運命的に感じられ、自分たちは特別に祝福された関係だと信じられた。

なのに、あれから四十年経った今、ボウイが「あと五年」と連呼するのを聞いて妙子はいう。

「そない必死こいて叫ばんでも。五年て充分、長いやん。五年生存率一〇〇パーやろ。こちとら、もってせいぜい五ヶ月よ」

こんなセリフを聞かされる日が来ようとは――。あの頃は死どころか生にさえ、まともに向き合ってはいなかった。何の義務も責任も負わず、身勝手で幼い夢想の中だけで暮らせていた。

鼻の奥がツンとしてきて運転に支障を来しそうだったので、話題を変える。

「このアルバムの邦題、覚えてる？」

「『屈折する星屑の上昇と下降、そして火星から来た蜘蛛の群』でしょ。原題の正しい訳は『ジギー・スターダストとスパイダーズ・フロム・ザ・マーズの栄華と没落』やけどね」

「さすがのご記憶力ですわ。あの見事な誤訳と直訳って、わざとやったと思う？　俺は案外ガチで誤訳してもうたんとちゃうかて疑《うたご》うてんねんけど」

「でも当時の日本のレコード会社も、ジギーが人名でスパイダーズがバンド名いうことくらいはさすがにわかってたでしょ……って、この話、昔もせえへんかった？」

海外からの情報が今とは比べものにならないほど乏しかった時代。洋楽邦盤のライナーノートは想像に基づく迷解説、歌詞カードは聞き間違えた原詞をさらに誤訳した珍ポエムの宝庫だった。おかげで聴く側の想像も膨らんで、あれこれ推測し合う楽しみもあったのだが。

カーオーディオから『スターマン』が流れ出してサビに入るや、またしても同時に声を上げて歌う二人。

「覚えてるもんやなぁ。アンタと一緒にこれ聴いたんは、あんとき一回きりやったのに」

「別々に聴いてた頃から同じような聴き方してたんやろな」

「そういえば中学のとき同じ厚生年金会館で見ててんもんね」

飛行機嫌いだったボウイが船で初来日したジギー・スターダスト・ツアーの大阪公演。俺たちは共に中学三年になったばかりで、まだ出逢ってはいなかった。

「あのとき、寛斎先生がデザインしはった『出火吐暴威』て漢字で書いたマント着てたやん。私、あれがその後の日本の暴走族の特攻服に影響与えたんちゃうかと思てんねんけど」

「そうかあ？　特攻服の方が先ちゃうの」

二人で夜中にバイクで六甲山に行き暴走族に追いかけられたときのことなど思い出話に花を咲かせるうちに、アルバムは最後の曲『ロックンロールの自殺者』に。

「あ、来た。厚生年金でもこれがラストやったよね。なあ、この邦題はどうなん？　誤訳やないけど、もうちょっとええ訳ないもんかって、ずっと思てんねんけど」

「この場合のスイサイドの意訳って何やろ。『ロックと心中』？」

「アン・ルイスかい」

「『ロックンロール特攻隊』は？」

「横浜銀蝿やろ！　それこそ特攻服やんか」

笑い合う二人の傍らで、ボウイが「君はひとりじゃない、君は素晴らしい」と叫び続ける。

気づけば早くも和歌山県に入っていた。この調子ではアルバムを二枚も聴き終わらないうちに着いてしまう。その後もボウイを聴いていたかという話になり、当時はヒットチャートに魂を売ったと批判された『レッツ・ダンス』も今にして思えば意外に名盤だったのではないかと、またしても意見が一致。早速かけると、一曲目の『モダン・ラヴ』から「But I never wave bye-bye」と声が合う。

「めっちゃ八〇年代って感じよね。日本が調子こいてた最後の時代。ウチも神戸の店がイケイケで、よう有線でこの『チャイナ・ガール』がかかってたわ。懐かしいなぁ」

その頃は日本の男性ファッション誌も最初で最後の黄金期。俺も雑誌編集者人生で最高に調子こきながら『チャイナ・ガール』を聴いていた。俺たちは別の人生を歩んでも同じ時期に同じ曲を同じノリで聴いていたのだ。

9

あんなに遠かった白浜は、本当に二時間足らずであっけなく着いてしまえる近場になっていた。高速を降りてからは屋根を開け、オープンにして走る。海沿いの道に出ると、妙子は「やった〜、ついに来たで、日本のマイアミ！」と大はしゃぎ。バッグからサングラスを出してかけ、ジタンを咥《くわ》えて火をつける。俺もハイライトを取り出すと、

「あっ、ハイライト、まだ売ってたんや。ほんで、アンタもまた吸い始めたと。ええよ、その調子。やっぱりここはグラサンに咥え煙草でドアに肘かけて流さんと」

そんなこともあろうかと俺も度入りのサングラスを持参していたが、洒落ではなく必要なほど光が眩しい。どう見てもマイアミではない海産物センターの前を、二人してサングラスに咥えタバコの老カップルが真っ赤なベンツのオープンカーで走り抜ける。傍目には異様極まりない光景だろう。そのせいか、追い越そうと煽《あお》る車もない。

おかげでのんびり流せたが、それでも十三時前にはホテルに着いてしまった。三十九年前に来ようとして果たせなかった「いかにも団体客向けのホテル」。チェックイン時刻前なので待たされるのではないかと心配したが、妙子は自信たっぷりに大丈夫だと断言する。

「そんなときのための車椅子よ。私がこの体で車椅子乗ってるだけで、たいがいの施設は融

通きかせてくれるから安心し」

その通りだった。エントランスに車を停めてトランクから車椅子を出すと、すぐにドアマンが飛んできて、荷物運びからチェックインまで世話してくれた。妙子は「ほらね」と得意げだが、逆に考えればそこまでの介助が必要そうに見えたということだ。事実、車椅子に座る姿は、念のため用意したというには馴染みすぎている。

すぐに部屋に入れるようにしてくれたので、ひと休みしていこうと提案したが、妙子は疲れていないといい張る。

「それより、できること先にやっとこうよ。また途中で捕まるといかんし。ほら、アンタが行きたいいうてた南方熊楠《みなかたくまぐす》記念館。この近くらしいから、行ってみよ」

そうだった。あの頃、俺は熊楠に凝っていて、それも白浜を旅の目的地に選んだ理由のひとつだった。だが、アールデコの無機質な合理性を愛したデコは、有機的混沌を極める熊楠の土着性を好きになれないと、乗り気ではなかったはずだ。

「そんでも、あんときに行こって決めててんから行っとこうよ。私も八〇年代に熊楠がリバイバルブームになったときに評伝みたいなん読んで、偉大さだけはようわかったし」

朝食をたらふく詰め込んできたので腹はまだ空いておらず、妙子も持参した栄養剤ゼリーで充分だというので、荷物だけ部屋に入れて早速、出かけることにする。出発前にトイレに寄ったついでに、よく出来た嫁に白浜到着を伝えるショートメッセージを送ると、車に乗り込む前にもう返信が来た。

「義母には内緒で私も白浜に向かっています。何かあれば直ちに駆けつけますのでご安心下さい」

確かに少し出来すぎているが、それだけ妙子の容態が予断を許さないということだろう。そうは見せないところが逆に怖い。


波に丸く穿たれた円月島を左に見ながら海沿いのワインディングを爽快に走り抜けると、南方熊楠記念館はすぐそこだった。狭い急坂を昇っていくと、駐車場の入り口に「車いすの方は玄関まで」とある。

「ほら、車椅子効果、あなどれんやろ？」

その割に館内にエレベーターは見当たらず、メインの展示室は二階。大した階段ではなかったので、妙子をおぶって昇る。車椅子の乗り降りを介助したときから感じていたが、悲しいほど軽く、かつてバイクの上で背に感じた弾力はどこにもない。

そんな俺の感傷をよそに、妙子は突然クスクス笑い出す。

「何がおかしいねん？」

「いや、なんか笹川良一みたいやなって思て」

あの頃テレビでよく流れていた、日本船舶振興会が一日一善運動を啓蒙するＣＭ。当時の会長、笹川良一が老母を背負って金比羅宮の石段を登る絵が印象的だった。

「母八十二歳、息子五十九歳って字幕出てたけど、アンタももうすぐその歳やね」

「ようそんな細かい数字まで覚えてんな」

「だって箕面は笹川先生の地元やもん」

車椅子を運んでくれた館員が不便を詫び、「二年後にエレベーター付きの新館ができてバリアフリーが整いますのでぜひまたお越し下さい」と悪気なくいう。余計な一言に動揺したが、当の妙子は意に介さず、

「えっ、ほな、この建物は取り壊してまうんですか？」と、自分ではなく建築物の余命を心配する。清々《すがすが》しいまでのオタクぶりだ。こちらも旧館として残すと聞いて、

「よかったぁ。日本の六〇年代モダニズム建築のええ見本やから、絶対、残した方がいいですよ。ちなみにどなたの設計ですか？」

館員もそんな質問は初めてだと驚いて、「調べて参ります」と退散する。

熊楠がフロリダで採集した標本を見て「やっぱり白浜とマイアミは繋がりあるやん」とはしゃいでいた妙子だが、臨終直後に撮った写真とデスマスクの前まで来ると急に神妙になり、しばし無言で見入った後に、感に堪えない調子で口を開いた。

「ええ死に顔してはるなぁ。あんだけいろんな分野に関心があった人やから、まだまだ知りたいこともあったやろに。それでも本人は充分、満足してはったんやね。そやないと、こん

なええ顔で死なれへんて」

「ほんまや。癇癪《かんしやく》持ちやったとは思えんほど安らかな顔してはるな」

「なあ、熊楠の臨終の言葉、知ってるやろ？」

「花が消えてまうから医者は呼ぶな、とかそんなんやったよな」

「それ、それ。その熊楠が最期に見た紫の花の幻影って、あのホドラーの風景画みたいな、死への入り口でしか見られへん美しい光景やったんとちゃうかな。ほんで、その幻影が消えてまうからお医者さん呼ばんといてくれっていわはったんは、自分は満足して死んでくんやから邪魔させせんといてくれって意味やと思うのよ」

　半月前に聞いた象の墓場話の熊楠バージョンか。そういう話を聞けば聞くほど、逆に妙子は本当は満足できていないのではないかという疑念が湧いてくる。自分で自分を説得しようとしているだけではないのか――。だが、仮にそうだとしても、いや、そうであるならなおさらのこと下手に反論せず、いわせておいてやるべきだろう。

「お医者さんはもちろん家族も友達も、自分以外の全ての人は、死なさんよう努力せんわけにはいかんでしょ、人道的にも人情的にも。そやからやっぱり死ぬときはひとりがええのよ。自分も邪魔されんですむし、周りにもしんどい思いさせせんですむから」

記念館を出るときに、先ほどの館員が設計者の名前を描いたメモを渡してくれた。

「珍しい苗字で読み方がわからんのですが」

「あ、野生司義章《のうすよしあき》さん。千葉工大の教授されてた方ですわ」

間髪入れず即答する妙子に、俺も館員も驚きを通り越して呆れるしかない。

「ようご存知ですね。奥様も建築家の先生でいらっしゃるんですか？」

「いえいえ、単なる建築オタクのオバハンですわ」

「はぁ〜、ほんでも大したもんですわ。そない建築がお好きやったら、顕彰館もご一見の価値ありますよ」

あの頃にはなかった顕彰館なる施設が、田辺市内にできているという。熊楠旧居の敷地内にあってそちらも見学できると聞いて興味が湧くが、田辺といえばほかでもない、俺が万引きして警察に連行された地だ。妙子にとっても嫌な思い出しかないはずだが、これが意外にも大乗り気で、

「行こ行こ！　因縁の田辺やで。落とし前つけに行かな」と腕を引っ張る。

「よっしゃ。ほな、リベンジしに行ったろか」

10

南方熊楠顕彰館は住宅街の中にあった。木組みをガラスで囲った建築は、いかにも今風。モダンさの中に温もりを感じさせ、周囲の景観にも溶け込んでいる。

こちらは完全バリアフリーでエレベーターもあったが、所蔵品は熊楠の自筆原稿や蔵書が主で、特に目当ての資料がないかぎり二階の閲覧室に上がるまでもない。隣接する旧居跡を見て車に戻り、さあどうしようと顔を見合わせた瞬間に、ほとんど同時に声が出た。

「なあ、行ってみいひん?」

どこと聞くまでもない。俺が万引きして捕まった店に決まっている。妙子の父親に殴られて、最後に別れた場所でもある。

お互いの記憶をたどりながら、それとおぼしき場所に向かってみたが、元々よく覚えていなかった景色がさらにすっかり変わっていて見当もつかない。田辺警察署の位置は同じはずだからと、そこを基点に熊野街道を行き来するうちに、妙子が急に「あっ、あの樹!」と叫ぶ。見れば、コンビニエンスストア前の駐車場に大きな楠《くすのき》が一本、立っていた。

「あれ、バイク停めて私が待ってたとこにあった樹とちゃうかな。あの店、煙草もお酒も売ってたから、コンビニに変わってる可能性、大いにあるよ」

Uターンして駐車場に入り、楠の木陰に車を停める。

「絶対そうやわ。枝ぶりが似てるもん。私、あのときもこうやって煙草吸いながら見上げてたんから、間違いないって」

そういわれてもピンとこない。あのとき俺はすぐに店に入ったし、バイクを取りに戻ったときには夜だったから、枝ぶりまでは覚えていない。店の人に聞いてこようと車を降りると、妙子が背後から声をかけた。

「私、またここで煙草吸うて待ってるから。今度は捕まらんと戻ってきてや」


店長だという三十代くらいの男性に話を聞くと、またしても妙子の読みは当たっていた。彼の祖父の代までは煙草や食料品も売る酒屋で、十数年前にコンビニに改業。駐車場の楠は彼が生まれる前からあったという。つまりこの店長は、俺たちに椅子を勧めてくれた人のいいおじさんの孫にあたるわけだ。

「祖父をご存知やったんですか?」と聞かれ、「いや、昔、旅行中に寄ったときによくしてもろて」と答えてしまった手前、手ぶらで出るわけにもいかない。ちょうど小腹が空いてきたので、おにぎりとお茶と妙子用にミネラルウォーターを籠に入れる。

レジに向かう途中でふと思いつき、飴類の棚を覗いてみた。すると、なんということだろう。三十九年前に俺が万引きしたヨーグルト味のキャンディと同じ商品が並んでいるではないか。デコが好きだった黒地にサイケ調の花柄がデザインされたパッケージも変わっていない。興奮というよりむしろ動転してレジに走り、思わず一万円札を出してしまう。釣り銭を数える店長に「昔お世話になったんでお釣りはいりません」とまで口走り、「いや、そんなんあきませんて、一万円ですよ」と諭される始末。

「おい、デコ、大当たり！　やっぱりこの店やった！」と叫びながら車に戻り、袋からキャンディを取り出して渡すと、妙子も眼をまん丸くして歓声を上げる。

「きゃあ！　嘘ぉ、チェルシーやん！　まだ売ってたん？　このパッケージ、ほぼ昔のまんまやんか。いやぁ、ちょっと、見て見て！　スコッチやなしにあえてスカッチって書いてるとこまで同じよ」

俺たちの人生を変えてしまうきっかけになったこのパッケージを、見るのも嫌な時期があった。それが今、還暦近い大人が二人、しかも片方は大金持ちが、百円そこそこのキャンディひとつで大はしゃぎできている。早速、食べようと箱を開けかけたところで妙子は指を止め、いたずらっぽく笑いながら俺の目を覗き込む。

「念のため聞いとくけど、今度はちゃんとお金払てきたやろね？」

「おう、万札出して釣りはいらんていうてきたったわ。しっかり渡されてもうたけどな」

三十九年経ってようやく、俺は同じ楠の木陰で同じチェルシーをデコに渡せた。あのときも、嬉しそうに舐めるこの笑顔が見たかっただけなのだ。

「味も昔と同じやわ。やっぱり、来てみて大正解。やっと落とし前ついたなあ」

「なんやったらあの腹立つ左官屋も探し出して落とし前つけに行ったろか」

「左官屋？　水道屋やろ」

「左官屋やて。俺らを警察に突き出させた、県会議員の息子とかいうあいつやで」

「そやからそれが水道屋やねんて。私、ここであいつがトラックから降りてくんの見てたから覚えてるもん。青いトラックに白い字で『水道工事全般』って書いたあったって」

記憶力は昔から妙子の方が圧倒的に上だから、彼女が正しいに決まっている。そもそも俺は何を根拠に今の今まで左官屋と信じて疑わなかったのか。トラックの文字をはっきり見た覚えもないのに。

「記憶ってそんなもんやんか。私かて知らん間に記憶が変わってることようあるよ。自分に都合のええように書き換えてるんかと思うとそうでもなくて、なんでそう変わったんか、わけわからんときもあるから不思議よね。フロイトとかにいわせれば、あれも深層心理がそうさせてるんやろ？　アンタも何か左官屋に幼少期のトラウマでもあったんちゃうか、知らんけど」

全く思い当たらない。むしろあの男に腕をつかまれたことこそが、今でもその感触を思い出せるほどのトラウマになっている。

いや、もしかしたらその感触も、知らぬ間に自分で捏造した記憶にすぎないのかもしれない。ひとつだけ確かになったのは、誰よりも理解し合えたはずの相手と一生忘れられないほど強烈な体験を共にしても、同じ記憶を共有できているとは限らないという事実。今ここで、同じチェルシーを舐めながら、同じようにはしゃいでいても……。

「そやよ。そやから死ぬときはひとりがええの。死ぬ間際になって自分が満足してた記憶が違《ちご》てたことに気づかされても困るでしょ？」


「あの刑事がとってくれた出前はラーメンで合《お》うてるよな」などと記憶合わせをしながら田辺署前を通り過ぎ、熊野街道を白浜まで戻ったときには、すでに夕暮れが近づいていた。

「なあ、そういえば、あんとき行こうとしてた場所、もうひとつあったん忘れてない？」

「あ、そうや。ハ～マブラ～ンカ～」

「そんな節やったっけ。なんか微妙に違てへん？　あそこ、とっくにつぶれたって聞いたけど、ええ感じの廃虚になってるかもしれんし、行くだけ行ってみようよ」

当時、深夜によくテレビCMが流れていた、熱帯植物園と遊園地と劇場を備えた複合レジャー施設。そのキッチュさがマイアミっぽいと二人で勝手に決めつけ、訪ねてみようと決めていた。白浜の白だけスペイン語にしてハマブランカ。語末の母音をちゃんとaで合わせたところは気が利いている。

三段壁《さんだんべき》の駐車場に車を停め、店じまいし始めていた土産物屋でハマブランカがあった場所を尋ねると、すぐ先だが今は更地になって何もないという。今や白浜といえばパンダが名物。地中海やマイアミをイメージする人などいないのだろう。

せっかく来たのだから三段壁の夕陽を見ていってはどうかと勧められ、車椅子を出そうとすると、妙子は自分で歩くといって、代わりに腕を絡めてきた。

かつては触れ合うだけで確かな質量を感じた体が、今や全体重を支えても手応えがない。小さな胸の膨らみに当たるたびに困惑していた肘も、今は虚空を彷徨《さまよ》うばかり。夕暮れ時の物悲しさがひときわ沁みる。

11

土産物屋の横を抜けるといきなり視界が開け、見事なパノラマが広がっていた。片腕で妙子を持ち上げるようにして岩場を進み、崖の端に腰を下ろす。夏の終りの夕陽は水平線に半身を没してなお眩しく、赤より黄に近い光の帯を投じて一条の漣《さざなみ》を煌めかせていた。

「わぁ、きれい。黄水晶《シトリン》の粒を敷き詰めた橋みたいやね」

潮風になびく前髪から広い額を覗かせて妙子がいう。あんなに白かった肌は夕陽のせいだけではなく黄ばみ、青く透けていた静脈は黒く影を落とすほど浮き出ている。それでも、美しい光景に出会ったときの眩しそうに目を細める表情と、ため息に似た感嘆の口調は昔のままだ。

「俺らが初めて一緒に渡った橋も水晶橋やったよな。昨日の晩、行ってみたらライトアップされてて、橋脚がそれこそ黄水晶の柱みたいに川面に映ってたわ」

「そやったね。ほんで大江ビルヂング見に行ったんやったよね。あのビル、まだ同じ形で残ってんねんよ。そういえば、水晶橋も図書館も公会堂も、私らが中之島で最初に行った場所は全部、四十年前と同じまんまやわ。変わってしもたんは食堂くらいで」

昨日、同じことを感じたばかりだ。俺たちの気の合い方もまた、あの頃と変わらない。

三十九年前に止まった時計の針が何事もなかったかのように動き出し、かつて俺が止めてしまった時刻をあっさり通り過ぎていた。

日が沈むにつれ、観光客の団体が続々と去って行き、広大な崖の端に妙子と俺だけが残された。

「あんな風に楽に観光で来られる場所に、私らはあんだけしんどい思いしてもたどり着かれへんかったんやね」

「そんだけアホで無力やったってことなんやろな、あの頃の俺らは。無敵や思ていきってたけど、今の若い奴らよりはるかに世間知らずで子供やったわ」

「ほんま、今思たら笑うほど無力やったよね……。私な、建築家になりたいとかいいながら、そんでも家業を継いでくれる婿取りはせなあかんのやろなって、そこは最初っから諦めてたんやと思う。『ある愛の詩』みたいに家出て自力で生きてきたいって思たこともあったけど、どうやってお金稼いだらええかもわからんかったし、そんな覇気もなかってん。そんなんやったから、あんくらいのことで簡単に心が折れてしもてんよ。アンタのせいとちゃうねん。私自身が古い考え方に囚われた、ただの甘えたお嬢やってん」

「それをいうたら俺もやて。『卒業』みたいにデコを攫《さら》いに行きたいって思うだけで何もでけへんかったし、そんな根性もなかったわ。石橋の駅で待ち伏せするのが精一杯で。挙句の果てに、デコは俺なんかとは別れた方が幸せなんやって思い込むことで自分に言い訳して、どんだけへたれやったか」

「そやから、どっちも悪ないねん。それか、どっちも悪かってん。二人とも力不足やっただけ。ほんでも、こうして最後に落とし前つけられてんから上出来よね」

「ほんま感謝してるわ。デコが思い出してくれたおかげやで」

妙子がバッグからチェルシーを出し、俺にも一粒勧めながらいう。

「なあ、アンタがあんときこれを万引きしたんは、私の好物やったからやろ？」

「まあ、それしか理由はないわな。万引きは単に習慣になってたせいやけど」

「十七にもなってた女を飴ちゃんで喜ばせよ思て万引きして大事《おおごと》になる男って、アホ丸出しやと思わへん？」

「思うよ。ずっとそう思てたよ」

「でもな、私、実はアンタのそういうアホなところが好きやったんかも」

「何を急にいい出すねん。けなしてんのか褒めてんのか」

「両方よ。人が人を好きになる決め手は、長所よりむしろ短所にあったりするもんやんか」

「そらそうかもしれんけど、要するに俺がアホやったって話やろ」

「ちゃうて。要するに恨んでなんかない、恨めるはずないやんかって話」

不覚にも涙が滲む。こんな夕陽を見ながら、そんな話をするのは反則だ。

「勘弁してくれよ、なんのサプライズやねん。このシチュエーションでそんな嬉しいこといわれたら、おっちゃん、泣いてまうやんか」

茶化して照れを誤魔化しながら、自分たちが断崖の端に座っていることを思い出してハッとする。慌てて妙子の肩に手を回して抱き寄せると、俺の心配を感じ取ってか、すんなり体を預けてきた。


波間に架かる黄水晶の橋が次第に赤みを増しながら細まってゆく様を飽きずに眺めていると、突然、背後から「こんばんは」と声がかかる。振り返ると、満面に作り笑いを湛《たた》えた初老の男性。陽が沈むと真っ暗になって危険なので早めに引き上げた方がいいという。腫れ物に触るような口調にピンときて、まだ見ていたいとむずかる妙子の腕を引っ張り上げて岩場を去った。

「何よ、あのオッサン。陽が沈みきるまで見てたかったのに」

「あの人、たぶん自殺防止の見回りや」

「え〜、ほたら何、私ら心中でもしようとしてると思われたん？　失礼なオッサンやなぁ、見たらわかるやろ。そんなんでよう見回りが務まるな」

「いや、むしろ病を苦にした老夫婦にしか見えへんかったからこそ声かけたんやろ」

「ますます失礼やんか。あ〜あ、最後まで見てたかったな」

「まあ、ええやん。夕陽かて沈むときはひとりで沈みたいやろ」

それでもできるだけ長く見せてやりたくて、遠回りして海沿いの道を歩くうちに陽は沈みきり、駐車場に着く頃には満天の星の下にいた。

12

ホテルに戻り、部屋風呂に入りたいという妙子を置いて温泉大浴場に行く。他に客はおらず、貸し切り状態。早起きしたり妙子をおぶったりと馴れないことをして疲れたのか、湯の中でうたた寝してしまう。

脱衣場で扇風機に当たりながら、無事にホテルに戻ったことを妙子の嫁に報告しておこうとスマホを見ると、先にメッセージが入っていた。すでに白浜に着いて近くに宿を取っているそうだ。そつのない働きぶりが心強く、ほっとする。今日一日、特に気になる症状はなかったが、それでも心のどこかで不安を感じ続けていたのだろう。

部屋に戻ると一人分の夕食が用意されていた。妙子は持参した流動食や栄養剤で充分だという。「私に気ぃ遣わんでええからガンガン食べて」とビールを注いでくれ、自らは水が入ったグラスを掲げる。

「運転お疲れさん」

「いやぁ、あんときと比べたら今日の運転くらい屁でもないわ」

「私も今の一億倍元気やったあんときの方が、はるかにしんどかったよ」

「そやけど、三十九年経てば世の中いろいろ変わるもんやなあ」

「当たり前よ。だって、あの頃の三十九年前いうたら一九三七年で、まだアールデコが現役で第二次世界大戦が始まってすらなかったでしょ。今の若い子らから見たら一九七六年もそんくらい大昔になるわけやんか」

「大阪から白浜まで十四時間かけても着かれへんかったいうても信じてもらえんやろな」

「アンタが道間違わへんかったら、当時でも六時間以内で着く計算やったけどね」

「ナビもGPSもなかってんから、しゃあないやん。それにデコがいうた道が間違うてたことも何回かはあったはずやで」

「嘘ぉ、私がこっちやいうても聞かんかったやん。まあ、そんでも、あんだけしんどい思いしたからこそ、こんだけよう覚えてるわけよね。今は便利になりすぎて、かえって思い出が残らんわ。今の子らが何でもかんでも写真撮ってSNSに上げたがんのも、そんなんでもせんと自分らがやってることの実感が得られへんからやろ?」

「そやろな。記憶に残るんは結果より過程やから。俺らの頃はロックひとつ聴くにもいちいち大変やったやん。普通のアルバムでも高かったし、レア盤に到っては見つけ次第、万引きしてでも手に入れとかんと聴かれへんかったし。ほんでも、そんだけ苦労したからこそ、必死で聴き倒して一小節残らず覚え込んで、この歳になっても今日みたいに一緒に歌えてまうわけやんか。それが今やネットで……」

「びっくりするほどレアなライブ動画まで、いつでもどこでもどなたでも、ただで見れてまうんやもんね。今の若い子が羨ましいっていう人もおるけど、私は逆に可哀想な気ぃするわ」

「同感やな。便利になりすぎるんも考えもんやで」

「あ、でも、一個だけ羨ましいことあるかも」

「俺もたぶん同じこと思てるよ」

「ほんま？　ほな当ててみて」

「携帯やスマホがあることやろ」

「ピンポン！　やっぱりそう思てた？」

「何べん思たかわからんよ。あのとき携帯かメールがあって連絡とれてたら、俺らの人生、変わってたかもしれんのにって」

「私も……。でも、まあ、結果オーライやったし、こうやってちゃんと落とし前もつけられたし、これはこれで悪ないよね」

「今の若い奴らには演じたくても演じられんドラマやからな」

「昭和の男と女ならではよね。うん、そうよ。私らはやっぱりあれでよかってんよ。携帯、羨ましないわ」

「ほな、明日はパンダでも見に行こか？　あれも昭和の俺らの時代を彩った流行アイテムのひとつやで」

「やめてよ、私がどんだけパンダ嫌いやったか覚えてへんの？」

「覚えてたからこそ、わざというてみてんけどな。ほな、マイアミ感出してビーチでのんびりでもしよか。便利な世の中になったおかげで、あんとき二泊三日で行く計画してたとこ、今日一日で制覇してもうたし」

「でしょ？　そこでやね、ひとつナイスなサプライズ提案があるんやわ。実は私、こんなこともあろうかと、勝浦の宿も押さえといてん。時間余ったら那智の滝いうんも見ときたい思て。こっからやったら二時間もあれば行けるらしいよ。そやから明日は那智行って勝浦に泊まろ。露天風呂付きのええ部屋、取っといたから」

「ええっ、ここも二泊取ってるのに？　宿代もったいないやん」

「どのみちどっちかキャンセルせなあかんから同じよ。大した額やないから安心し。なあ、行こ行こ！　単に昔でけへんかったことするだけやったら面白《おもん》ないやん。せっかく再会できてんから、何か新しいこともしとこうよ。アンタも那智の滝、見たことないやろ？」

「ないけど」

「そやろ、お見通しやねん。日本人やったら見とかなあかんて。せっかく熊野に来てんから。熊野信仰の核は那智の滝でしょ」

　滝と聞いて、また象の墓場話が始まりそうだと覚悟した意表を突き、熊野信仰について滔々《とうとう》と語りはじめるデコ。話についていけず戸惑ったが、そこまで眼を輝かせて熱く語るなら、付き合ってやろうと思う。やりたいことはやらせてやりたいし、見たいものは見せてやりたい。せっかく再会できたのだから新しいこともやっておきたいという意見にも大賛成だ。

「わかったわかった、ほな行こか」

「やったぁ！　そうこなあかんよ。絶対、興味持つはずやから」


ひとしきり熊野信仰講座を開帳して気がすんだところで、「というわけで那智の滝参拝に備えて早寝早起き」と、妙子はさっさと歯を磨いて浴衣に着替え、ベッドに向かう。俺が寝る準備を整え、明日の予定が変わったことをトイレで嫁に連絡して戻ったときには、早くも部屋の灯りを消していた。

そっと自分のベッドに潜り込んだが、妙子はまだ眠っておらず、サイドテーブル越しに話しかけてきた。

「ようトイレ行くなぁ」

「この歳になると近いんやわ」

「誰かにメールでもしてるんやろ」

出来すぎた嫁とこっそり連絡を取っていることがバレたのだろうかと慌てたところに「奥さん？」と聞かれて安心し、つい「うん、まあ」と嘘をつく。

「奥さん、どんな人なん？」

「前にいわへんかったっけ。大学の同級生で、至って普通の真人間」

「アンタと正反対やんか」

「そやからこそ結婚したんかもな。中途半端に趣味や価値観が近いと、かえって上手くいかんかったりするもんやんか。実際、女房が真人間でいてくれたおかげで、こんな俺でも曲がりなりにも社会生活が営めてきたんやと感謝してるわ」

そういいながら、ならば趣味や価値観が奇跡と思えるほど一致していた妙子となら、どうなっていただろうかとの思いがよぎる。

「ウチも同じ。旦那とは趣味も価値観も経営観も全く合わへんわ。なんやったら息子とも。私より旦那の方に似てしもて。親子二代で関学のテニス部っていうだけで、大体わかるやろ？　ほんでも、そんな普通の家族やからこそ、私が好き勝手やれてきたんも確かやね。私には専務がおってくれたし、旦那らは余計な口出しせえへんかったし」

「合わへん割にはえらい早ように結婚してたやん」

「見合いよ。親への義理を早よ果たしときたかっただけ。私は商売が佳境で結婚とかどうでもよかったけど、その時点でもうパパは一回、胃癌やってて、早よ跡継ぎの顔見せて安心させてくれっていわれて。アンタとの一件で悲しませてしもてた負い目もあったし、店の創業資金借りた義理もあったし、パパがまだ元気なうちに恩返ししときたかってん。あと、セクハラ除けもあったかな。若い女だけの会社やったやろ。当時のアパレル業界のオッサンらのセクハラ・パワハラいうたら、そらもうエグかってんから。まあ、そんなこんなで親のいいなりに見合いしたら、どこまでも気のええボンボンでルックスも中の上くらいの人が出てきて、断る理由も見当たらんかったから結婚して、ちゃっちゃと跡取りも作ったわけよ。そんでも世間並み以上にええ夫とええ息子でいてくれてるんやから、私も感謝せなあかんよね」

「微妙に含みのあるいい方やな。何か不満なとこでもあんの？」

「いやいや、全く不満はないよ。不満はないけど、なさすぎて逆に物足りんちゅうか……。自分でも意外やねんけど、どうやら私、息子が自分に似てくれることを期待してたみたいやねん。小さい頃から、自分が好きな本読ませてみたり好きな音楽聴かせてみたりしてきてんけど、全然、興味持ってもらえんで」

「どこも同じやて。ウチの娘かてそうやもん」

「それ、ちょっと虚しない？　変な話やけど、私、いちばん驚いたんは、息子が何の文句もいわんどころかむしろ喜んで家業継いでくれたことやってん。本来は喜ぶべきことなんやろけど、なんかなあって。だって私は嫌やったもん。親と同じ仕事すんのが嫌やったから建築家になりたいって思ててんもん。たまたま商売やってみて実は性に合ってたって気づいたけど、そんでもまだ家業は家業で別物やと思て距離置いてたよ。親の七光とか思われるんが嫌やったから。そやけど息子はもう小学生くらいのときからずっと、大きなったらパパの会社に入るっていい続けてて、そこに何の疑問も感じてへんわけよ。その神経が理解でけへんから、物足りんし虚しいの。私の子育て、何やったんやろって……。いうてる意味わかる？」

「わかるよ。でも、それもようある話やんか。世の中、もうずっと前からそんな感じやで。会社の採用面接でも二十年くらい前からエントリーシートの『尊敬する人』欄に父親とか母親とか平気で書いてくる学生が出はじめて、今やそれが普通やもん。俺らの頃には考えられへんかったよな。仮に親を尊敬してても、そんなん恥ずかしくて人にはいわれへんかったやん。気色悪いなあとは思うけど、ほんでも親を尊敬して何が悪いっていわれると、別にどこも悪ないわけよ。そやから最近は、むしろ俺らの考え方の方が間違ってたと思うようにしてんねん」

「ウチの会社の新卒も同じやわ。でも、自分が育てた子までそうなるとはなぁ」

　不意に、今さらながらの疑問が浮かぶ。

「そういえば、その息子さんと旦那さんは、この旅行のこと知ってはんの？」

「どやろ。知ってたとしても嫁と来てると思てるはずよ。そこらへんのことは、嫁に任せてあるから。二人とも今、ヨーロッパやねん。主治医の先生がまだ二、三ヶ月は大丈夫ていうてくれはったから、今のうちに済ませられる仕事済ましとこって。そやからアンタにもこの日取りにしてもろてん。後は嫁が上手いこというといてくれてるはず。あの子は実の息子よりよっぽど私のことわかってくれてるし、上手いことさせたら日本一で、ほんま出来すぎなくらい頼りになるから安心し」

その出来すぎた嫁が隠れてついてくるという出すぎた真似をしていることを、妙子は実は気づいているのかもしれない。そして嫁は嫁で、義母の酔狂な旅に隠された本当の目的を薄々感づいているのではないだろうか。今朝初めて会ったときからそんな気がしてならないが、メッセージを送るたびに聞こうとして聞けないままだ。俺も嫁も、そこに話題が及ぶことを無意識のうちに避けている。おそらくは妙子本人も。その証拠に、すぐに嫁の話を打ち切った。

「なあ、それより今日思い出した話の続きしようよ」

デヴィッド・ボウイにはじまり、かつて二人で見聞きした音楽や映画や建築や絵画の話から、八〇年代の思い出に。レディスとメンズ、店と雑誌の違いはあっても、期せずして二人とも日本のファッション産業が世界を席巻した最初で最後の時代に係わっていた偶然が、会えなかった長い時間を少しだけ縮めてくれる。

「最近、八〇年代カルチャーって評判悪いやん。何も残さんかったみたいにいわれて。ほんでも当時は充分すぎるほど楽しかってんから、そんでええやんなぁ。私、八〇年代初頭のテクノやニューウェーヴって、二〇年代初頭のモダニズムに通じるところがあったような気ぃすんねん。実際、二〇年代リバイバルみたいな流れもあったでしょ」

「アールデコとかロシア構成主義とか未来派とか流行ったよな」

「どっちもそれまでの流れが急に正反対に振れることで、相反する美意識が絶妙に混在できてた時代やったと思うのよ。上手いこといわれへんけど、例えばルネ・ラリックなんて一九〇〇年のパリ万博ではアールヌーヴォーのジュエリーでグランプリ受賞してたのに、二五年の装飾博ではアールデコのガラスで会場仕切ってるやんか」

「八〇年代でいうたら、フォークやロックやってた長髪の人らが急に刈り上げのテクノになったYMOみたいな感じかな」

「まさにそれ。ほんでそういう分水嶺的な時代って、人類の歴史上そう何度もないでしょ。ましてや自分が若くて元気なときに立ち会えたのって、奇跡的な幸運やったと思わへん？」

「そやな。俺ら、ラッキーやったと思うよ。もっとも、そうやっていちばん面白い時代をいちばん元気な年頃に満喫させてもろたおかげで、ちょっとやそっとでは満足できん体になってしもて、何やってもあの頃ほど楽しないいんが困りもんやけど」

「でしょ？　そやから、ええ潮時かもっていうてんの」

そこから、二一世紀に入ってお互いの仕事がどれだけつまらなくなってきたかという負の自慢合戦が始まって、いつの間にかどちらからともなく眠りに落ちた。

13

翌朝も呆れるほどの晴天だった。朝食のルームサービスを頼んだ際に卵の調理法を問われてオムレツと答えた俺を、デコは「オムライスとかオムレツとか、どんだけオム好きやねん」と笑う。彼女は彼女で朝粥を注文し、付け合わせの梅干しを見て「本場の南高梅や！」と喜ぶ姿がいじらしい。

バルコニーで海を見ながら、のんびり食べた。夏が去りゆくビーチは人影まばらで、風はそよぎ波は穏やか。順光の朝日に映えて一面に煌めき揺らぎ、ただでさえ痩せ細ったデコの輪郭をさらに儚《はかな》く震わせている。

これを開放感と呼ぶのだろうか。二人を包む空間が拡散し、消えていってしまいそうだ。かつて中之島の公会堂の食堂で体験した凝集感とは正反対。あの頃の空気が水晶に封じ込められたように濃密だったのは、互いの心の奥底に同じ不安や不満を押し詰めていたからにちがいない。そのやるせない閉塞感が、響き合う二人の多幸感と生の実感に、確かな手応えを与えていたのだ。互いの人生に何の不安も不満もなくなった今、俺たちを包む空気はこんなにも軽く薄く頼りない。

「ええ天気やなぁ。グッド・デイ・トゥ・ダイって、こんな日のことをいうんやろね。なんや気持ちよすぎて魂が抜けてってまいそうやわ」

国道四二号を車の屋根を開けて走る。熊野街道と聞けば鬱蒼とした山道ばかりを想像しがちだが、海沿いを行くこの大辺路《おおへち》は光と開放感に溢れている。黄泉《よみ》の国というより極楽浄土。俺たちが日本のマイアミと呼んだのも、あながち間違ってはいなかった。

椿温泉を過ぎると道はしばし山間を縫う。切り通しの擁壁の裾に誰が植えたのか、九月だというのにまだ白百合が一列に咲いていていた。

「そういえば、アンタから花もろたことなかったよね」

「欲しがりもせんかったやん」

「そんなん、自分から欲しがるもんとちゃうやん。いわんかっただけで、もろてたら絶対、嬉しかったと思うよ。なあ、今、贈ってくれてもええねんで」

「この道のどこに花屋があんねん。さっきから人家すら見当たらんやん」

「そこにあるよ」と、路傍の百合を指さすデコ。

「これは誰か奇特な市民か行政が植えてはる、採ったらあかんやつやろが」

「飴ちゃん万引きして捕まった人が、えらい殊勝なこといわはるやん。さっきから車一台も通ってへんから大丈夫やて。それに花泥棒は罪にならんていうやんか」

「それは狂言の『花盗人』からきた都市伝説や」

それでもデコが喜ぶならと、路肩に車を停めて百合を摘む。誰かに見られないかと冷や冷やしながらも、ちゃっかり大ぶりで活きのよさそうな一輪を選んでいる自分に笑う。シートベルトカッターで茎を断ち、飲みかけの水のペットボトルに挿してカップホルダーに据えるや、逃げるように車を出した。デコは百合に顔を寄せ、「うわ〜、いい香り。初めて花もらえたわ。ありがとう」と嬉しそう。あのときもこんな笑顔が見たくて、サイケな花柄パッケージのキャンディを盗んだのだった。

「今度は捕まらへんかったね。チェルシーも買うてもらえたし、花泥棒も成功したし、これでもう白浜には完全に落とし前つけて思い残すことないわ」

「田辺の水道屋シメ忘れたけどな」

「いや、それはいうたら逆恨みでしょ。アンタが万引きしたせいやんか。むしろあの水道屋のおかげで今回の旅があるわけで、今となっては逆に感謝したいくらいやわ。なんしか、これでもう田辺も白浜も完全制覇！　スッキリしたわ〜」

俺もまた、心の奥にずっとわだかまっていたしこりが跡形もなく消えてゆく解放感に満たされていた。『真夜中のカーボーイ』のラッツォはマイアミを目前に力尽きたが、俺たちは生きて日本のマイアミにたどり着けたのだ。三十九年もかかってはしまったが。

串本に入ると、潮岬を回って行こうとデコがいう。

「え〜っ、さすがに灯台の上までは、おぶって昇り切る自信ないぞ」

「ちゃうて。潮御崎《しおのみさき》神社いうんがあって、そこへ寄ってきたいだけやから安心し」

灯台の駐車場で車椅子を出し、姥目樫が生い茂る森の参道を進む。石鳥居を抜けた先に石段があり、末社の金刀比羅社へと続いていた。

「リアル笹川先生できるやん」と喜ぶデコを結局は背負う羽目になったが、昇ってみれば小さな祠があっただけ。そのまま下に引き返し、今度は本殿へと向かう石段へ。いかに彼女が軽くなってしまったとはいえ、こちらも年齢以上に筋力が衰えているので、早くも膝と腰にこたえてきた。情けなくなる一方で、役に立てていることを確かな痛みとして実感できるのが嬉しくもある。もっとも、そんな俺の気持ちをよそに、デコは俺の無毛の後頭部を至近距離から見て「うわ、毛穴から汗が噴き出す瞬間、初めて見た」と、下らぬ発見に上機嫌だ。

本殿は、さすがに由緒と格式を感じさせるたたずまい。薄暗い内部を覗き込むと、扁額に刻まれた「少彦名命」の金字が浮かぶ。

「やっぱりスクナヒコナ祀《まつ》ってるんや」

「スクナヒコナって大国主の仲間で出雲系やろ。なんで潮岬に祀られてんの？」

「出雲族が移り住んだからに決まってるやん。出雲にも熊野大社があるし、こっちにも出雲って地名があって、さっき道案内の看板に出てたでしょ。ほてね、日本書紀によるとやね、スクナヒコナは大国主ことオオナムチの国造りを手伝った後に、熊野の御崎《みさき》から海の向こうの常世郷《とこよのくに》に旅立ちはるんよ。常世郷を根の国とも呼ぶんは沖縄のニライカナイと同語源やて柳田國男もいうてるけど、出雲族が南方系の海人族やとしたら本州最南端のこっから帰らはったんも納得よね。仏教の補陀落《ふだらく》が南方観音浄土とされたこととも関係あるんちゃうかな」

「いつからそんな日本神話や民俗学に詳しなってん？」

「歳とったら誰でも日本回帰するもんやんか。食べ物も和食がようなるし。ええ歳こいていつまでもオムばっかし食べてんの、アンタくらいのもんやで」

パワースポット巡りや御朱印集めがブームの昨今、熊野がキッチュな日本のマイアミどころか浄土信仰と結びついた一大霊場であることくらいは俺も知っている。だからデコが那智の滝に行きたいといい出したときは、そこを自らの象の墓場にしようとしているのではないかと疑った。スクナヒコナが常世郷へと旅立った地に、わざわざ遠回りしてまで立ち寄ったのも、それを考えると意味深で、嫌な予感が頭をかすめる。


だが、再び那智に向かい橋杭岩《はしぐいいわ》にさしかかったときデコが発したのは、日本回帰とも象の墓場ともまるで無縁な、七〇年代の洋楽オタクならではの一言だった。

「ちょっと、あれ見て、ピンク・フロイドやん！」

道の駅に車を停め、弘法大師が並べた橋脚と伝わる奇岩の列を眺める。俺たちが付き合っていた頃に出たピンク・フロイドの『炎』というアルバムにオマケで付いてきた絵葉書で見たカリフォルニアの塩湖の景色に、確かに似ていなくもない。グラフィックを担当したイギリスのデザイン集団ヒプノシスは、そこに湖面から突き出る人の脚の写真を合成していた。

「ちょっと海入って脚出してきてよ。泳ぎ得意やったやろ」

「あれ生脚やったやん。海パン持ってきてへんし」

「なんや、気ぃ利かん奴《やっ》ちゃなぁ。でも、絶対やってる人おるよね」

「少なくとも百人はおったやろな」

道の駅で軽い昼食をすませて車に戻り、早速、スマホに入れていた『炎』をかける。今聴くと長すぎる前奏に飽きてきたところで不意に歌が始まり、若かった頃を思い出せという。君は太陽のように輝いていたと歌われて、思わず顔を見合わせた。

「輝いてた、よね？」とデコが笑う。

「おう、狂ったダイアモンドみたいにな」

「ちゃうやん！　狂ったダイアモンドはシド・バレットやろ。輝き失ってしもてるわ！」

そうだった。当時の邦題で『狂ったダイアモンド』というこの曲は、クスリで廃人になってしまった元メンバーに輝きを取り戻してほしいと願う歌だった。その点、デコの間髪入れぬ突っ込みと得意げに笑う眼は、別の意味で薬漬けになってしまった今も昔と変わらず冴え輝いている。

海沿いの大辺路は晴れわたり、気味が悪いくらい空いていた。車の屋根を開け放し、オーディオの音量を上げて走る。前髪を風になびかせ広い額を輝かせながら、妙子は気持ちよさそうに曲を口ずさんだ。

アルバムの四曲目、『あなたがここにいてほしい』を合唱し終える頃には、もう勝浦に着いていた。

14

熊野は海と山がとても近い。その狭間に人の営みが細く長く続いている。

那智駅前の交差点を左に折れると、右手に補陀洛山寺と染め抜いた幟《のぼり》が並んでいた。潮岬で話していた南方観音浄土と何か関係があるのかと尋ねるより早く、デコが「あっ、ここ！ ちょっと寄ってこ」と声を上げた。

補陀洛山寺は、今は熊野三所大神社《おおみわやしろ》として分立する旧那智大社浜の宮と並んで、かつて浜辺だった場所に建つ。平安期以降、南方観音浄土である補陀落ことポータラカを目指して帰らぬ旅へと小舟で旅立つ補陀落渡海の出発地として栄えたそうだ。

「な、スクナヒコナの伝承と重なるやろ？」

「でもスクナヒコナは元々が海の向こうから来て故郷に帰らはっただけやけど、この補陀落渡海は片道切符でノーフューチャーな死出の旅やんか」

「いや、仏教は輪廻転生《りんねてんしょう》やから、それは同時に再生への旅立ちでしょ？ グレグ・レイクも歌《うと》てたやん、デス・イズ・ライフって」

ムソルグスキーの『展覧会の絵』をロック化した組曲のフィナーレを飾る『キエフの大門』に、エマーソン・レイク&パーマーが独自につけた歌詞からの引用だ。

「彼らはその門から送り出された。運命の潮に乗り、来たるべき生への燃えあがる渇望の裡に。我が生に終りなく我が死に始まりなし。死は即ち生なれば」

境内の一角に、補陀落渡海船の実物大復元模型が展示されていた。赤い鳥居が四方を囲む小屋を載せた、簡素な木舟。傍らに掲げられた那智参詣曼荼羅には、日月の下、那智の滝を背に、浜辺に建つ大鳥居から出航する様子が描かれている。

「神道の鳥居の大門から仏教の浄土に送り出されるって、神仏習合も極まれりやね」

「うわっ、この小屋、四方を釘で打ち付けて出られんようにしたんやて。閉所恐怖症の俺には絶対、無理やわ。せっかく大海原に漕ぎ出すのに、何が悲しくてこんな狭い小屋に閉じ込められなあかんねん」

「途中で逃げ出す人がおるからでしょ。金光坊いう人が逃げたって書いたあるよ……。私、それがいっちゃん怖いわ。死ぬんは怖ないけど、死ぬんが怖なることはめっちゃ怖い」

「同じちゃうん？」

「全然ちゃうわ！　死ぬこと自体は怖ないねんて、別に強がりでも何でもなく。そもそも怖いか怖ないかもわからんやん。死んだことないし、死んだ人に話聞くこともでけへんねんから。臨死体験とかも結局は生き返ってからの話でしょ。それに、たいがい幸せな気分に包まれてたっていうやんか。それが本当やったら、ますます死は怖ないよね。そうやって考えてくと、人間、死ぬこと自体を怖がる理由はどこにもなくて、実際、怖がってもないわけよ。

怖がってるんは痛かったり苦しかったりすることやけど、それは生きてる間の話であって、死はむしろ心身の苦痛からの解放やんか。そやから、死ぬこと自体は怖ないの。怖いんは、死ぬんを怖がってまうことなのよ。悟ったはずの坊さんですら逃げ出したくなってまうんやから」

いわれてみれば、そうかもしれない。俺も食道癌を宣告されたとき真っ先に怖れたのは、苦しんだり食べられなくなったりすることで、死そのものではなかったような気がする。もちろん、初期で治療可能と聞いたからだが、心残りがなかったおかげでもあるだろう。平均寿命より短いとはいえ自分が満足できる程度には生き永らえ、子供も成人させ住宅ローンも完済し、私生活にも仕事にも思い残すことはすでにない。だから肉体的な苦痛だけを怖れ、死は怖れる以前に考えもしなかった。

だが、それも結局は死なずにすんだからこそいえることで、現実に死と直面すれば大悟した高僧ですら逃げ出したくなるのだとしたら、俺ごときが心残りがないつもりでいてもどうなるものでもないだろう。それを考えると確かに怖い。

「三十日分の食料積んでたって書いたあるけど、それがあかんかったんちゃうかな。なまじ飲み食いするから、生きようとする本能が働いてまうのよ。穴に籠もってミイラになる即身仏みたいに断食した方が、徐々に衰弱して何も考えられんようになってくから怖さも感じんですむやろに。なんで食料積んだんかな」

「いや、食料問題以前に俺やったら狭い所に閉じ込められるだけで怖なるわ」

「そやね。どうせやったら大海原と大空を見渡しながら成仏したいよね」

15

補陀洛山寺を出て少し走ると、すぐに家並みが途切れて山道に入る。那智川沿いを登っていき、ヘアピンカーブをいくつか抜けたところで急に右側の視界が開け、一面の緑を破ってそそり立つ灰褐色の断崖と、それを貫く一条の白帯が眼に飛び込んできた。

「うわ！　いきなり出たなぁ、那智の滝」

デコが感嘆の声を上げたのも無理はない。緑の濃淡が織りなす有機的な曲面が連なる中、垂直と水平の直線で構成されたモノクロームの無機物は、それほど異質で際立っている。

そのあたりから道沿いの駐車場に満車の掲示が増えはじめ、空きが見つからないまま滝の入り口に着いてしまった。道端に一時停車して偵察に出ると、鳥居の先は下りの石段が延々と続いている。

「あかん。那智の滝、ナメてたわ。車も停めれんし、車椅子でも行かれへん」

「大丈夫やて、安心し。世界遺産やねんから、ちゃんとバリアフリー対策してるって」

そういいながらデコはスマホで社務所の番号を検索して電話をかける。

「ほれ見てみい。車椅子でも行けるって」

彼女が聞いた指示に従い神社の駐車場の奥にあるインターフォンを押すと、神官が出てきて滝が拝める舞台に案内してくれた。石段を下った先にある遥拝所よりかえって眺めがよさそうで人も少ない。

改めて近くから全貌を拝むと、上半分だけの遠望から想像していた大きさは逆に感じない。幅の十倍もの高さがある細長さが、威圧感を和らげているのだろう。代わって驚かされるのは、神々しいまでの対称性と垂直性だ。

巨大さは、むしろ視覚以外で体感する。数十メートル離れた舞台にまで降り注いで肌を濡らす飛沫と、蟬の大合唱をも圧する轟音。ザーッと流れるさざめきの底に、ゴーッと唸る響きが潜む。一三三メートルの高みから落ちる毎秒一トンもの水塊が巨岩を打ち続けて発する人為も人の可聴域も超えた重低音が、あたりの空気と仰ぎ見る俺たちの体を震わす。

「ここは象の墓場には向いてへんね。滝の裏に洞窟ないし、仮にあってもこの水圧やとナウマン象でも越えられへんわ」

「また象の話かい。あんなぁ、ナウマン象でもっていうけど、今のアジア象より小ぶりなくらいやってんで。それに滝の裏側の墓場とやらも実際には存在せえへんらしいやん」

「そういわれてんのは知ってるけど、ほんでも世界中の滝の裏を調査し尽したわけやなし、ないことの証明はでけへんでしょ。昔からある伝説とか神話って、意外と馬鹿にできんもんよ」

高速で回る車輪を眺めていると、次第に遅くなってきて止まり、やがて逆回転しはじめる。それと同じでこの滝も、ずっと見ていると水の落下が止まり、逆に上に昇っていくかのような錯視に陥る。天に昇る龍に見立て、飛瀧《ひろう》神社と号したのもむべなるかなだ。

そう考えて、ふと思い出す。どこかで同じような話をしたことがなかっただろうか。それもほかならぬこのデコと。覚えがあるかと尋ねると、ここでも彼女の記憶力は頼りになった。

「アンドレ・マルローの話やろ。アンタ、ぼろくそにけなしてたやん」

そうか。俺たちが出逢う前年に来日したフランスの作家マルローが、那智の滝を訪れたときの感想だ。この滝はイメージとしては上昇していて、その垂直性こそが日本文化の神髄であり天と人との対話である、とかなんとかいっていた。

今となってはなかなかの慧眼と感心させられる見解を、どうぼろくそにけなしたかは思い出せないが、俺もデコもマルローが嫌いだったことは覚えている。団塊世代の学生運動に憧れた末に失望させられた俺たちが、反ファシズムを標榜しながら保守政権の文化大臣の座に居座って五月革命を否定した彼を信用できたはずがない。

「俺、そんなにけなしてたか？　那智の滝を見てもなかった若僧が偉そうに。ごめん、アンドレ。あんた、なかなかええこというてたわ」

「そうかぁ？　垂直性とか天と地を結ぶとか、見たまんまやん。それにアンドレの奴、この滝見て『アマテラス！』って呟いたらしいやん。那智の滝に宿りはるんはオオナムチやっちゅうねん！」

傾きかけた陽を受けて、飛沫が架ける虹をまとって煌めく滝は、今は微動だにせず止まって見える。轟音もとうに意識から消えていた。時が止まった静寂の中、音のない重い波動だけが二人を包む。

16

舞台から戻って神官に礼をいうと、那智大社も本殿近くまで車で行けて車椅子で参拝できると教えてくれた。示された道を登っていくと、左に三重塔越しの滝、右に山間《やまあい》遠く熊野灘を望む駐車場に着く。トランクを開けて車椅子を出そうとすると、妙子は歩いて行きたいからと制し、また俺の腕にもたれてきた。

「えらい絶景ポイントに駐車場作ったもんやなぁ。こっから眺めると、海から滝が見えるように山が上手いこと並んでるんがようわかるな」

「そこよ！　私、それこそが那智が特別な場所になった理由やと思てんねん。山ん中にあるあんだけ大きな滝が海からも見える場所って、他にないでしょ？　日本古来の山岳信仰と海の向こうから渡来した仏教の浄土信仰が習合するのに、これほど相応しい場所はないと思うの」

那智大社の主祭神は熊野夫須美大神《ふすみのおおかみ》。フスミは「産び《むすび》」の転訛で、創造母神イザナミと同一視されるそうだ。

「こっちはオオナムチと違うんや」

「熊野本宮大社の主神がスサノオやから、滝信仰を熊野三山信仰に組み込むときに子孫のオオナムチを勧請して、この那智大社にはスサノオのお母さんのイザナミ、速玉《はやたま》大社にはお父さんのイザナギを祀ったんとちゃうかな」

「なんでそこで親に行くん？　スサノオがメインやったら、ここも滝と同じオオナムチのまんまでええやん。そんで速玉をスサノオの娘にあたる宗像《むなかた》三女神とかにした方が収まりよかったんちゃうの」

「いや、夫須美大神は女で速玉大神は男やから。それに熊野はイザナギ・イザナミゆかりの地やし。イザナミが下った根の国は、古事記では出雲やけど、日本書紀では熊野にあることになってんのよ。そやからこの先にある花窟《はなのいわや》神社がイザナミのお墓とされてるわけやんか。熊野が黄泉《よみの》国とか妣《はは》の国とか根の国っていわれる死者の国に擬せられたんも、スサノオのお母さんで冥界の女王にならはったイザナミが住まう地やったからでしょ」

「単に深山幽谷で冥界っぽいからやと思てたわ」

「それもあると思うよ。そやけど熊野って山だけとちごて海もあるでしょ。ほんで死者の国も、山奥とか地下に籠もった暗黒イメージばっかりやなしに、補陀落とかニライカナイみたいに開放的で光輝く浄土もあるやんか。山と海、闇と光、地獄と天国、過去と未来。そんな両極が混在してんのが熊野信仰の奥深いとこなのよ」

「なるほどな。俺はどっちかいうたら海の向こうの浄土がええな。昔やったら山奥の地下帝国の方を選んでたやろけど。若い頃は海の明るさがアホっぽくて嫌やったけど、この歳になったら普通に楽しそうな方がええわ」

「私も。ほてね、イザナミの話に戻るけど、火の神産んであそこ火傷して亡くなってから、イザナギが恋しがって黄泉国まで会いにいくやんか」

「そんなオルフェウスとエウリュディケみたいな話があんの？」

「あんねんて、古事記に。しかもギリシャ神話よりエグいねん。せっかくイザナギが会いに来てくれはったのに、イザナミは死んで腐った体を見られて恥かかされたってマジギレして、ゾンビ状態で追いかけ回しはんねんから」

「なんでやねん！　夫婦愛のええ話とちゃうんか」

「て思うでしょ？　私も筋が通らん話やなと思ててんけど、そやないことに気づいたの」

「どう筋が通ってんねん」

「あれよ、前もいうたけど、ひとりで静かに死なせといてほしかってんよ、イザナミも。たとえ愛する夫でも、死ぬ邪魔せんといてほしかったんやて。オルフェウスの話もそうやけど、この手の冥府下り神話が世界中にあるんは、なんぼ悲しくても人の死を妨げたらあかんちゅう教訓やと思うの」

「妨げるもなんも、イザナミはすでに死んでたんやろ？」

「でも神様やから死んでても生きてるいうか、意識はあるわけよ。意識はあるのに体は腐ってくって、拷問でしょ。意識がある以上、そんな姿を誰にも見られたないやん。愛する人にはなおさらやん」

「それやったらそれで、見ないでってて可愛く頼んだらすむ話やん」

「頼んだけどイザナギが聞いてくれはらへんかったのよ。変わり果てた姿を愛する夫に見られたない、そんな切ない女心をわかろうともせんで自分が会いたいから会いに行くって、ええ話のようやけど結局は単なるイザナギのエゴやんか。そらイザナミもキレはるわ」

「なんや知らんけど神様もいろいろ大変やねんな」

「ほんでビビッたイザナギが、イザナミが出てこれんように黄泉国への入り口を大きい岩で塞いでまうの。その話が熊野に元々あった巨石信仰と結びついて、花窟がイザナミのお墓とされたんやと思うわけ。そうなると花窟は冥界の入り口やから、その先にある熊野の地はイザナミが住まう死者の国に擬せられて、妣の国つまり母親がいる黄泉国に行きたいてゴネて最終的にそこに落ち着くスサノオが熊野本宮大社に鎮座してはることも、辻褄が合うてくるわけよ」

「なるほどな。上手いことできてんねんな、熊野信仰て」

　那智大社の境内はそのまま青岸渡寺に続いて一体となり、神仏習合時代の面影を留めているのが珍しい。西国三十三所観音霊場の第一番札所だそうで、滝と海の双方を望む境内の一角に御詠歌を刻んだ石碑が苔むしていた。

補陀洛や　岸うつ浪は　三熊野の　那智の御山に　ひゞく滝つせ

「見て見て、やっぱり波と滝が共鳴してるやん。あっ、そうや！　イザナミも波を誘《いざな》うって意味やともいわれてるよね。そやからここに祀られて、滝と響き合う波を誘ってはんねんよ。ほら、若冲《じやくちゆう》の屛風絵で白い象と黒い鯨が向き合《お》うてんのがあったでしょ。あんな感じで、山と海、滝と波が対峙してる場所が那智なのよ」

「そういえば動物行動学者のライアル・ワトソンが、南アフリカの海岸で象と鯨が低周波で対話してんの見たって書いてたな」

「それよ、それ！　波も滝も低周波音出してるよね。それが共鳴して那智にしかない独特のグルーヴを発してんのよ。耳には聞こえんその波動が大昔から人を招き寄せて、いろんな神秘体験させてきたんとちゃうかな。いや、これ、大発見かもよ」

興奮しながらまくしたて、低周波の波動とやらを受け止めようとするかのように山と海に向け両腕を広げるデコ。ワトソンが見たという鯨と対話する巨象は、その地区に生き残った最後の一頭で「女魁《メイトリアーク》」と呼ばれる年老いた雌だった。この小さな老女もまた、自らが率いた会社や家族という群れから離れ、ひとりで死んでいきたいという。

「なあ、象が低周波を聴けるんやったら、滝の裏の墓場もあながち根拠のない伝説とちゃうかもよ。低周波ってかなり遠くまで届くんでしょ？　象も人には聞こえん滝の波動に呼ばれてんのかもしれんやん」

「象は知らんけど鯨は呼ばれてんのかもな。隣の太地町《たいじ》って捕鯨の町やろ。まあ、でも、そう考えたら象が呼ばれる可能性もなきにしもあらずやな。象は足の裏で低周波を感知できるらしいから。那智の滝壺の下を掘ってみたら、意外とナウマン象の化石が大量に出てきたりしてな」

痩せさらばえた小さな体で海山の雄大な自然と対峙する姿が健気で、泣きたくなるような愛しさがこみ上げてくる。そんなに象の墓場の話がしたいなら、乗ってやろうではないか。低周波だろうが補陀落だろうが根の国だろうが何でも来いだ。どんな考えでも受け入れて、どんな望みでもかなえてやりたい。俺にできることが、もっとほしい。

デコの広げた両腕が、滝と波を結ぶ橋に見える。切なくなるほど、か細くも凜々しい橋だ。

17

　勝浦に戻る途中から、デコは急に無口になった。ヘッドレストに頭をもたせかけて目をつぶり、大丈夫かと聞いても生返事。容態が急変したかと不安になるが、特に苦しそうな様子もない。単に興奮しすぎて疲れたのだろう。車の屋根を閉じてオーディオの音量とスピードを落とし、暮れなずむ山道をゆっくり下る。

　宿に着いて車を停めると、珍しく自分から「車椅子出して」という。そのくせ、抱き上げて車から降ろそうと手を伸ばすと、「いいって！」と払いのけた。

「遠慮すんなや。しんどいんやろ」

「別にしんどないって。心配せんといて」

　そういう口調が尋常ではなく、心配せずにはいられない。車椅子に掛けるのを手伝おうとしてまたいい合ううちに、ついに彼女は消え入りそうな小声でいった。

「お願いやから放っといてよ……。アイム・ウェットやねん」

　意味がわからずとまどったが、すぐに気づいた。『真夜中のカーボーイ』のラスト近く、病魔に冒されたダスティン・ホフマン演じるラッツォが、マイアミに向かうバスの中で失禁してしまったときのセリフだ。ウェットにそういう意味があることを、俺たちはあのシーンで学んだ。

「そうか。すまん、気ぃつかんかった」

「気ぃつかれたなかったけどね」

「先にトイレ休憩しただけやから、気にせんとき」

映画では、ジョン・ヴォイト演じるジョーのそんなアメリカン・ジョークで二人が爆笑する。どこが面白いのか、俺たちにはさっぱりわからなかったが。

急いでチェックインを済ませ、すぐに休ませたいからと案内を辞して部屋に入るや、デコは車椅子を蹴るようにして立ち上がり、バッグを抱えてバスルームに駆け込んだ。

車椅子を畳んでおこうとシートを見て、染みに気づく。ハンカチで拭くと、尿だけではなく胆汁と思われる黄でうっすら染まった。やはり油断は禁物だ。

隠したがっていたデコには申し訳ないが、宿への到着とウェット事件を急いで嫁に報告する。メッセージを送って部屋のインフォメーションを読んでいると早くも返信が来て、失禁は鎮痛剤で感覚が鈍るせいで特に心配する必要はなく、近くの宿で待機しているので何かあれば夜中でも遠慮なく連絡するよう指示してくれた。

ほんとに頼りになる嫁だと感心していると、シャワーを浴びて着替えたデコがさっぱりした顔で出てくる。ジョーがラッツォの着替え用に買ってやったヤシの木柄のシャツほど派手ではないが、彼女には珍しく明るいクリームイエローで、襟と腰のベルトに白を差したフレンチスリーヴのワンピース。

「いや～、参ったわ。昨日からずっと調子よかったから油断して大人のオムツしてへんかってん。おかげでドレス一着、ゴミ箱行きよ……。あっ、車椅子、大丈夫かな？」

「大丈夫やったから畳んどいたよ。今、ここのインフォメーション読んでてんけど、ベランダの露天風呂から滝が見えるんやて。もう暗くて見えへんかったけど。正面は海やから、明るなったら波と滝がいっぺんに見られるかもよ」

「ほんま？　ほな明日の朝が楽しみやね、絶対また晴れるから。そや、その露天風呂、入ってきいや。アンタこそ運転しどおしで疲れたやろ」

「なんやったら一緒に入るか？　二人でも楽勝でいけそうやで」

「やめてよ。私、もうシャワー浴びたもん。それにこんな変わり果てた体見られたら、イザナミみたいに恥かかされたいうて追いかけ回したなってまうわ……。あっ、そうや！　なあ、明日、イザナミのお墓のある花窟神社に寄ってかへん？　なんやったら速玉大社も」

「え～、花窟神社って三重県やろ。遠いやん。そんなとこ寄ってたら帰れんようになってまうし、デコも疲れるやろが」

「私は大丈夫やし、時間的にもいけると思うよ。まあ、ええわ。お風呂上がってからまた相談しょ。早《は》よ、入ってき」

海を望む檜造りの露天風呂は補陀落渡海船を思わせ、波の音が間近に聞こえた。砂浜にザーッと寄せる漣のリードを、岩をドーンと打つ大波のベースが支える編成は、那智の滝に確かに似ている。低周波域で遠く共鳴しているというデコ説も、あながち妄想ではないかもしれない。

月はまだ出ず星がよく見えた。金光坊が補陀落渡海に出た昔には、天の河まで拝めたはずだ。満天の星を見上げながら大海原にたゆたえば、安らかに浄土に渡ろうという気にもなれただろうに。狭い小屋に閉じ込めるのは、どう考えても得策とは思えない。

長湯を上がって部屋に戻ると、デコが夕飯を手配してくれていた。流動食のパウチを吸う彼女を前に、自分だけ無駄に豪華な旅館飯を平らげる気まずさにもすでに馴れた。

「そんだけしか食わへんで、よう体力もつな」

「いうたやん、栄養的にはこれで充分すぎるくらいやねんて。アンタのその海産物だらけのご飯よりバランスええから安心し」

「ほんでも、東京で銭湯行ったときより歩くのしんどそうやで」

「それはたぶん鎮痛剤のせいやわ。どこの癌が悪さしよるんか知らんけど、二週間くらい前からたまに激痛が走るようになって、鎮痛剤飲んでんの。それが、効くんはええけど、どうも動きや感覚が鈍《に》ぶなんのよね」

「やっぱり痛いんや」

「そら痛いよ。痛む箇所も頻度も程度も増す一方。筋肉落ちてるから膝も腰もガクガクやし。『真夜中のカーボーイ』のラッツォやないけど、『フロリダに来たってのに脚は痛い、腹も尻も』よ。『挙句の果てに小便まみれ』ってとこまで同じになってしもて、『おかしいか、もうボロボロだ』って感じやわ」

「ようそんな細かいセリフまで覚えてんなぁ。少なくとも記憶力はボロボロどころか大いに健在やんか」

「そうでもないって。覚えてんのは昔のことばっかりよ。最近のことはびっくりするくらいすぐ忘れてまうわ」

「それは俺も同じやて。ほんでも、そんだけボロボロやったら、明日はもう無理せんと真っ直ぐ帰った方がええな」

「大丈夫やて。昨日も今日も、鈍《どん》くさいなりに問題なくいけてたやん」

　花窟神社までどのくらいかかるかスマホで調べると、片道で一時間。そこまで行ってから白浜経由で大阪に戻るとなると、移動だけで六時間はかかる計算になり、デコの容態を考えると無理がある。速玉大社までにしておくのはどうかと折衷案を出してみたが、行く意味があるのはイザナミの墓の方だと譲らない。きりがないので、明日起きたところで体調を見て決めようと結論を先延ばしにすることで、ひとまず納得してもらった。

食事を終えて一服した後に、せっかくだからとデコも露天風呂に。

「絶対、覗かんといてよ。見たらゾンビ化して追いかけ回すからね」

「そうなったら明日、花窟まで運んで閉じ込めたるわ」

軽く浴びるだけといった割には長い風呂から上がるのを待って、一緒にベランダで涼む。星を見ながら補陀落渡海や波と滝の音の共通点の話をすると、デコは滝の方を向き、両手を耳に当てて目を閉じる。

「って、こんなことしてみても、低周波が人間の耳で聞こえるわけないか。ほんでも、波の音と滝の音の構成が似てるっていうんは、ようわかるわ」

「やろ？　こっから滝まで直線やと六、七キロくらいやろから、充分、低周波が届く距離やと思うねん」

「明日の朝、滝見ながらもう一回、波の音聞いてみよ」

山が近いせいか、夜は大阪よりだいぶ涼しい。前髪を夜風になびかせながら新たな煙草に火をつけようとするデコを、花窟神社に行くなら早起きしなければならないからと制して部屋に戻った。

18

灯りを消して床に入るが、デコはまだ眠くないといって巨石信仰について語りはじめる。花窟神社までの距離を調べたときに、ご神体が女陰石とわかったからだ。局所を火傷して死んだイザナミの墓に相応しいというところから、橋杭岩や那智の滝の断崖に話が及ぶ。巨岩や奇岩が多い地質が熊野信仰の根底を支えているという説を、ひとしきり聞かされた。

「露天風呂付きのええ部屋」だけに、ツインとはいえそれぞれのベッドが広く、声が遠い。二人ともはじめは真ん中に寝ていたが、話しているうちにだんだん端に寄っていた。巨石話が一段落したところで、デコが遠慮がちにいう。

「ねえ、ちょっとだけそっち行っていい？」

「いや、俺がそっち行くから、デコは寝とき」

隣のベッドに潜り込むと、もぞもぞと体を寄せてくる。

「ふふ、三十九年ぶりやね」

「違うんは、無駄にベッドが広いとこやな。二人でもこんだけ余ってんで」

「箕面の家にあった私のベッドの三倍はあるよね」

「シャ乱Qの歌やないけど、ようあんな狭いシングルベッドで二人して爆睡できてたな」

「爆睡してたんはアンタだけやん。私はよう途中で起こされたわ。アンタの寝相が悪いせいで」

そうだった。俺が目を覚ますとデコはたいがい先に起きていて、「またよだれ垂らしてたで」とからかわれた。「嘘こけ」といいながら抱き寄せた記憶が甦り、たまらず肩に手を回すが、骨が掌を刺す感触に怯《ひる》んで力を緩める。

「骨当たるでしょ。肉も脂も全部落ちて、骨皮筋エ門《ほねかわすじもん》になってしもてん」

「骨皮筋エ門って、どんだけ古典的な表現やねん。半世紀ぶりに聞いたわ」

「しゃあないやん、昭和の女やねんから。まあ、より正確に表現すると、餓鬼の体やね。お腹だけ膨れた骸骨よ」

「俺も似たような体形になってるから安心し」

「アンタのお腹は脂肪でしょ。私のは腹水やから。来る前に抜いてきてんけど、二日でもう溜まってきてるわ」

「なあ……、余計なお世話やろけど、やっぱりちゃんと治療受けた方がええんちゃうか」

「ほんま余計なお世話やわ。自分の体のことは自分がいちばんわかってるっていうたやん。ここまで来たら、どんな治療もやるだけ無駄やの。そやから痛みや怠さだけ緩和して、好きなことやって死にたいの。以上!」

「そんでも俺はやっぱりデコに死んでほしないな。もっと低周波の話とかしてたいわ」

「死んでほしない理由がそれ？」

「譬《たと》えやがな。一緒にもっといろんなとこ行って、いろんな話がしたいってこと」

「一度きりやから盛り上がるんやんか。昔よう映画観て話したこと忘れたん？　主人公が死ぬからドラマになるんやって。『真夜中のカーボーイ』のラッツォが無事にマイアミにたどり着けてたとしても、結局はニューヨークにおったときと同じ底辺暮しの繰り返しでしょ？『ある愛の詩』の二人かて、彼女が病気で亡くならへんかったら、ただの嫌みなマンハッタン・セレブになって終《し》まいやん。私らかて、このまま同じようなこと続けても、単なる元カレ元カノの老々不倫にしかならへんよ」

「そんでもええし、なんやったらもうこれっきり逢えんでもええから、とにかく生きてて欲しいなあ」

「そやからぁ、それは残される側のエゴやていうてるやん。好きに死なせてって頼んでるやん。もう……、アンタやったらわかってくれる思たのに。最期にやり残したことやっときたかっただけやんか。アンタにしか頼めんて思たから……。そやのに、ここまで来てそんなこといわんといてよ。死ぬの怖なってしもたらどうしてくれんの」

　途中から涙声になったデコを、ただ抱きしめることしかできない。背骨が震えるばかりで声にならない嗚咽が続く。

　こんな風に泣くデコを知らなかった。いや、そもそも俺はこの女性のことを、どれほど知っていたというのだろう。互いに六十年近い人生の、ほんの一年あまりを一緒に過ごしただけなのに。

「ごめんな。歳とると涙腺ゆるなって……。ほんま感謝してんねんで。いっぱい思い出してくれて、ありがとう」

「なんやねん、急に」

「私、誰かに覚えといてほしかったんかもしれん。それも私のことをほんまにわかってくれてる人に。そやけど専務にも先に逝かれてしもて、他に誰もいてなくて……」

「旦那も息子もおるやんか」

「旦那が私のことなんて呼ぶか知ってる？　最初が『妙ちゃん』で、子供ができてからは『ママ』で、外では『社長』よ。息子かてずっと『ママ』か『社長』でしょ。でも私自身は、イン・マイ・オウン・プレイス、マイ・ネーム・イズ・デコやんか。誰かの妻や母親や社長になるずっと前から、ただの建築とロックが好きな、けったいな女やん」

それも『真夜中のカーボーイ』のセリフ。ラッツォは「鼠野郎」を意味するその綽名を嫌い、マイアミに着いたら本名エンリコの略称であるリコと呼んでほしいといい残して死んだ。自分が本来いるべき場所での名前はリコなのだからと。

「でも純ちゃんとかは今でもデコって呼ぶやろ？　建築とロックのオタクでめっちゃけったた

いな女いうんも知ってるやん」

「純ちゃんかて建築やロックのことわかってくれてたわけやなかったもん。それに大学出てからはほとんど会うてへんし。向こうは向こうの暮らしがあるからね。女子校の友達なんてそんなもんよ。なんしか、素の私をわかってくれてる人って誰やろって考えたとき、残念なことにアンタしか思いつかへんかってん。ごめんな、友達少なくて」

「いや、ほんまにそうなんやったら、むしろ光栄やけど」

「ほんまにそうやったんやて。私も昨日今日で改めて思い知らされてしもてんわ。こんだけ話合う人、他にいてへんかったなって……。専務ですらここまでではなかったわ。やっぱり同い歳やし、たった一年でもいちばんええ時期を一緒に過ごせたから……」

再び声が震えはじめる。

「わかった。もういわんでええって。俺でええんやったら、任せんかい。嫌でも一生、覚えといたるから。少なくとも俺が生きてる限りはデコの思い出も生き続けるから安心し」

「嘘こけ。ほんまは私のことなんか忘れてたくせに」

「忘れられたと思てたよ。でも実は忘れられてへんかったからこそ、こんだけ思い出せてしもてるわけやんか……。まあ、でも最近、物忘れヤバいし、俺自身いつぽっくり逝くかわからんから、なんやったら忘れんうちに書いとこか。定年なったら嫌ほど時間あるやろし」

「ほんま？　私、実はそれも期待してたんかもしれんよ。アンタ、文章だけは私より得意やったから」

「勉強以外はたいがい俺の方が得意やったわ。お前、逆上がりもでけへんかったやん。そうや、今、ウチの会社、自費出版も請け負うてんねん。それで本にして出しとくんはどうよ。それやったら版元はウチになるから国会図書館に送りつけて保管させられるし、俺が死んだ後も残り続けんで」

「なんで最初っから自費出版やねん。私の伝記やったら売れへんてか」

「ちゃうて、逆にデコの伝記やからこそやんか。うっかり普通に出してベストセラーになってもうたらどないすんねん。いろいろ差し障り出るやろ？　俺は全部、書くからね。中学の頃から煙草吸うてたことも、阪急電車でキセルし倒してたことも、ボウイのブート盤とか万引きしてたことも。だって、それがデコやから」

「いつからそんな写実主義者になってん。アンタ、象徴主義やったやんか」

「象徴主義は肖像画に向いてへんやん。ここは主義より画題優先やろ。ダンテ＝ゲイブリエル・ロセッティかて社会主義リアリズムにはまった時期があってんから、って、そんな話はどうでもええねん。なんしか、デコの家族や社員や世間に知られて困る内容になるわけよ。そやから自費出版でこっそり出して、国会図書館に寝かせとくねん。ほんで俺も死んで何年も経って、もろもろ時効になった頃に、どっかの物好きが何かの間違いで手に取って、こんなイケてる女がおったんやって驚いて、世間に公表してくれるわけ。そんな感じの方がデコっぽいやん」

「アホなことばっかりいうて……。でも、アンタがアホのまんまでいてくれてよかったわ。ほんまによかった」

「ああ、アホですよ。ほんまもんのアホですわ。悪かったな。ほな、アホが間違えんように事実関係、確認しとこか。水道屋を左官屋て書いたりせんようにな」

二人で記憶を絞り出し、それは違う、あれはこうだったといい合ったり、そんなこともあったと笑い合ったりしているうちに、いつしかデコは眠りに落ちていた。

思い出せば思い出すほど、俺たちがいかに幸せで調子に乗っていたかを思い知らされた。当然だろう。生涯で最も純粋な活力にあふれた時期に、生まれて初めての体験と感動をいくつも共にして、お互いに飽きたり嫌いになったりする間もなく別れてしまったのだから。ひとつひとつの思い出は当時の恋人たちにありがちな取るに足らないことばかりだが、望まなかった結末が全てをかけがえのない特別なことだったかのように輝かせている。

妙に目が冴えてしまい、か細い寝息を立てるデコの傍らをこっそり抜け出し、冷蔵庫からビールを出してベランダで飲む。

いつの間にか水平線から下弦の半月が顔を出し、墨を流したような海面に銀色の橋を架けていた。昨日、三段壁で見た夕陽の帯をデコは「黄水晶の粒を敷き詰めた橋みたい」と形容したが、それに倣《なら》えば半月が架けるこのか細い橋は白水晶。那智の滝に似ていなくもないがあの力強さはなく、どこまでも儚げだ。

水晶といえば、形見分けにと貰ったパンデュール・ミュステリオーズのことを話すのを忘れていた。底蓋を開けてムーブメントをざっと点検してみたが、天真《てんしん》という部品の先が折れ、ゼンマイにも小さな亀裂が入っていた。台座の補修痕から見て、前の所有者が床に落としでもしたのだろう。再び時を刻ませるには部品を交換しなければならないが、あのように美術品としての価値も高い時計の場合、たとえ不動でもオリジナルの部品が揃った状態を保つべきだとする判断もある。

どちらがいいか彼女の意見も聞いてみようと思っていたが、もはや相談するまでもない。アールデコの形見となる時計の針は、止まったままにしておくべきだ。いちばん輝いていた頃の時間を永遠の今に封じ込めておくために。

明日の朝、そう決めたことを伝えてやろう。きっと賛成してくれるにちがいない。

街の灯が、海と山の間に帯をなす。そういえば、昼に訪れた補陀洛山寺や那智大社で、思い出しそうで思い出せない何かのフレーズがあった。昔読んだ和歌か詩の一節だったような気がするのだが……。

改めて気になってきて、しばし海馬と格闘したが、諦めてスマホを取り出しネットに頼った。思いつくキーワードを手当たり次第に入力して検索するうちに『海やまのあひだ』という書名が出て、これだと閃く。

学生時代に『死者の書』を読んで一時期はまっていた、釈迢空《しゃくちょうくう》こと折口信夫《おりくちしのぶ》の処女歌集。電子書籍が出ていたので早速ダウンロードして目次を見ると、「奥熊野」と題された章に目がとまる。思い出しかけていたフレーズを探して頁を送り、十七首目でついに見つけた。

青うみにまかゞやく日や。とほ〴〵し　妣《ハヽ》が国べゆ　舟かへるらし

これだ。これにちがいない。それも予想を超えたセレンディピティ。学生時代には気づかなかったが、これはスクナヒコナや補陀落渡海の故事を踏まえた歌ではないか。「妣が国」はここでは実在の熊野ではなく「とほどほし」海の彼方の常世郷、南方補陀落浄土を意味しているのだろう。舟はそこに還ってゆく。「青うみにまかがやく日」に照らされて——。

だが、何度か読み返すうちに、「妣が国べゆ」の「ゆ」が起点や経由点を表す格助詞だったことを思い出す。百人一首にある山部赤人の「田子の浦に〜」は原本の万葉集では「田子の浦ゆ〜」となっていて、田子の浦から、または田子の浦を経由して外海に「うち出でる」のだと、高校時代に古文の授業で習ったはずだ。

だとすれば釈迢空のこの歌でも、舟は妣が国辺《くにべ》「に」ではなく、そこ「から」あるいはそ

こを「経由して」還ることになる。そして妣が国辺すなわちあの世の浜辺「から」還る先といえば、現世しかないではないか。

この歌は補陀落渡海ではなく、むしろ妣の国からの帰還、つまり再生を詠じていたのだ。そう考えた方が、「青うみにまかがやく日」という燦々《さんさん》たる情景描写も活きてくる。

単なる読み違いかもしれないが、幸運な発見をした気がして嬉しくなった。朝になったらこれも教えてやろう。

いい具合に酔いも回ってきたので部屋に戻ると、デコは穏やかな寝息を立てている。起こさぬようそっと隣のベッドに入り、すぐに深い眠りに落ちた。

19

　ビールを飲み過ぎたせいか尿意で目覚め、トイレから戻ってふと見ると、寝ていたはずのベッドにデコがいない。起こしてしまったかと続き間やベランダを覗いてみたが見当たらず、呼んでも返事が返ってこない。

　しまった！　と思うと同時に寒気が走って膝が震えた。どうしていいかわからず、闇雲に灯りをつけて部屋中を見て回る。スーツケースも車椅子もそのままだが、ケリーバッグとクロゼットに架けたドレスが一着、そして入り口に脱ぎ捨ててあったパンプスが見当たらない。もしやと思い小物を並べたトレイを見ると、車のキーも消えていた。

　何てことだ。これをずっと怖れていたはずなのに、まんまとやられた。明日、花窟神社に行きたいといったのは安心させるための煙幕だったのだ。あのデコが一度いい出したことを保留した時点でおかしいと気づくべきだった。昔からいつだって彼女の方が一枚上手だ。

　時計を見ると四時十五分。俺が寝たのが二時半頃だから、直後に出て行ったとしても二時間と経っていない。すぐに見つければ間に合うかもしれない。何に間に合うかは考えたくない。

デコの嫁に電話をすると、未明にもかかわらずワンコールで出て一言で事情を飲み込み、十分以内に向かうという。急いで服を着て外に出ると、案の定、昨夜停めた駐車場にＳＬはない。

嫁は水色のプリウスを駆って本当に十分で到着し、俺が助手席に乗り込むや否や「滝に行ったんやと思います」と断言して走り出す。たぶん彼女も俺と同じことを考え、同じくらい狼狽《うろた》えている。一昨日の朝は標準語で挨拶していたことも忘れるほどに。

「えらいことに付き合わせてしもて、ほんま申し訳ございません。私がもっと気ぃつけとくべきでした」

後をついてきてバックアップするよう、暗に頼まれていたのだと嫁はいう。彼女が秘書を務めていた頃も、デコは仕事の指示は容赦なく出すが個人的な頼み事となると遠慮していい出せず、それとなく仄《ほの》めかして察することを望んだそうだ。わかる気がする。大阪のオバハン気質に見えて実はシャイで、変なところに気を遣うのは昔からだ。

「でも、なんで滝ってわかりになったんですか？」

「義母《はは》は最近よう象の墓場の話をしてたんです。滝の裏に洞窟があるとかいうて。死ぬときは象みたいにひとりで勝手に死なせて欲しいって、そればっかり。そやから那智に行くって聞いたときから嫌な予感がしてたんですよ。そやのに……」

「やっぱりそうでしたか。象の墓場話は私もさんざん聞かされました」

「まさか本気でいうてたとは思いませんよね」

出来すぎた嫁の明察に感心しながらも疑問が湧く。那智の滝に洞窟がないことも、柵を乗り越えねば近づくことさえできないことも、昨日訪ねてわかっている。夜間の見回りもあれば、日の出前に訪れる参拝者もいるだろう。現に今も我々の前を走る車がある。デコが何をどう企んでいるにせよ、人目がある場所に向かうとは思えない。

そう考えたまさにそのとき、ヘッドライトが「ふだらく霊園」なる墓地の看板を照らし出す。そうか、昨日と違う道を来たから気づかなかった。

「滝ちゃう、波や！　海です、補陀落渡海ですって！」

いきなり何を叫び出すのかといぶかる嫁に、とにかくUターンしてもらい、補陀落渡海を説明する。デコが昨日あれほど補陀落や浄土の話をしたのは、俺にヒントを与えていたにちがいない。暗に察することを期待して。それに気づかず、いい調子で嫁に話を合わせていた俺は、出来なさすぎにも程がある。

補陀洛山寺の駐車場に赤いＳＬが停まっていないことを確認しながら通り過ぎ、そのまま真っ直ぐ海に向かうが、すぐに那智駅に突き当たって行き止まる。車から飛び出し駅舎脇の細道に駆け込んで見回すと、補陀落渡海船の出航地だった那智浜との間は線路が遮断していて地下道を歩いてくぐらねば出られない。

車に戻ると嫁が「やっぱり滝ちゃいますか」と不満そうに訴えるが、「絶対、海です」と譲らずにカーナビの地図を見る。スクロールしながら「人目がなくて滝が見える場所やと思うんですが」と呟くと、ハンドルを握ったまま苛立たしげに見ていた嫁が急に思いついた様子で声を上げた。

「あっ！　それやったら私が昨日お昼食べたカフェの前が海で、遠くに滝も見えましたよ。ホテルの近くですし、あそこやったらこの時間はたぶん誰もいてません」

「そこですわ！　間違いない。急ぎましょ」

空が白み始めていた。ホテルを過ぎるとすぐに海が見え、「そこの細い道を入った先です」と嫁がいう。ここなら移動に十分もかからない。なぜホテル周辺があやしいと最初から気づかなかったのか。ホテルのベランダから海越しに滝が見えると昨夜、デコに教えたのは、ほかでもない俺だったのに。しかもそのベランダでわずか数時間前に釈迢空の歌を読み、補陀落渡海のことを考えていたばかりなのに。

時計を見ると、すでに五時を回っていた。不安を超えた恐怖が胃の底から込み上げてきて吐きそうになる。三十九年前と同じこの熊野の地で、俺はまたしても一生消えない後悔を背負うことになるのだろうか。あのときと違って今回は充分な予感と覚悟があったにもかかわらず。

「あのカフェです」と嫁が指さす先に、崖から張り出したウッドデッキが見える。左手の海には、赤い鳥居が立つ小島。滝はその向こうに見えるはずだ。思い描いた通りの場所だが、そこに車の影はない。補陀落渡海は、やはり俺の勘違いだったのか。嫁も無言のまま訝《いぶか》しげに眉をひそめる。

車内に充満した重苦しい空気が叫びとなって破裂したのは、カフェの先のカーブを曲がった瞬間だった。

「おった、おった、やっぱりや！」

左に続く岸壁に寄せ、神戸ナンバーの赤いＳＬ５５０が屋根を閉じたまま停まっていた。外側が曇った窓と水を滴らせる排気管が、すでにかなりの時間エンジンと冷房をかけっぱなしにしていた事実を物語る。

プリウスを降りて駆け寄りフロントガラスの曇りを掌で拭うと、旅の間ずっと心の奥に押し込めていた嫌な予感が現実となって顕《あら》われた。

「お義母《かあ》さん……」と、嫁が小さく呟いて絶句する。

20

デコは一九二〇年代のギャルソンヌルックを思わせるオフホワイトのシャネルスーツに身を包み、昨日摘んだ白百合を抱いて眠っていた。

ドアはロックされていて、カップホルダーには空になった水のボトルと薬の包み――。怖れていた通りの光景に、後悔よりも「やっぱりか」という諦念が先に立つ。嫁も同じだったようで、探し回っていた間よりむしろ落ち着き、ドアをこじ開けようともしなければ救急車を呼ぼうともしない。それが無駄であることも、デコが望んでいないことも、二人とも充分すぎるほどわかっていた。

「どういうたらええか……、ほんまに申し訳ございません。私がうっかり寝こけてたせいで、こんなことになってしもて。お詫びのしようもありません」

「いいえ、私の責任です。なんのためについてきてたんかわかりませんよね。こちらこそ、えらいご迷惑かけてしもて。お詫びせなあかんのは私の方です」

そこで互いに言葉が途切れ、目の前の現実をしばし呆然と眺めるばかり。どちらの責任でもなく、どのみちこうなるしかなかったこともわかっている。

「なんや笑《わろ》てるみたいなええ顔して寝てますね」

「ほんまに……。おかげ様で、思い通りに逝けたんやと思います。ひとりで好きに死なせてって、そればっかりいうてましたから。そやから、もう、ほんまにありがとうございます。義母も喜んでると思います。そやけど、なんで……、なんで私にいうてくれはらへんかったんかなぁ」

そこで初めて嗚咽にむせぶ。義母に逝かれたことよりも、自分が見届け役を任せられなかったことの方を悔やむかのように。

「ほんまは、あなたに頼みたかったたっていうてましたよ。でも、それやとあなたがご主人に恨まれるからって」

そんな話は聞いていないが、デコのいいそうなことを想像して代弁する。それで納得してくれたのか、嫁は程なく平静さを取り戻し、状況を検分しはじめた。

「これ、わざわざ助手席に移ってますよね」

いわれてみれば確かに変だ。岸壁に寄せた助手席側のドアは開けられないから、センターコンソールを乗り越えて移動したにちがいない。なぜそんな面倒なことをしたのだろう？

昨日のウェット痕が助手席のシートに残っていて、それを隠したかったのではないかとも考えたが、嫁の推理は違っていた。

「私に運転させるためやと思います。家まで連れて帰って、普通に亡くなったことにしといてほしいんですよ」

デコが死出の旅の伴侶に彼女を選ばなかった理由はこれだと思う。この出来すぎた嫁は、象の墓場だの補陀落渡海だのを真に受けるには常識人すぎ、義母のけったいな死に様を手をこまねいて見過ごすには優等生すぎる。家で普通に看取ったことにしておきたいのは、彼女の方だ。

「私、もうチェックアウトしてきてますんで、このまま芦屋に連れて帰ります」

早くも実務モードに入り、てきぱき事をすすめていく。

「いや、でも、警察に届けんで大丈夫ですか？ ドアもロックされてますし、今のベンツは素人には開けられませんよ」

「スペアキー持ってきてますんで大丈夫です」

どこまで用意がいいのだろう。だったら先にいってくれよと思い終わらぬうちにロックを解除し、運転席のドアを開けてしまう。現場保存も何もあったものではない。怖いくらい出来すぎた嫁のおかげで、俺も三十九年ぶりに和歌山県警の事情聴取を受けずにすみそうだ。

ドアを開けると、冷気の滝がこぼれ落ちる。フルに冷房を効かせていたようだ。嫁がいうように自宅で亡くなったことにさせるため、死後硬直を遅らせようとでも考えたのか。だが、仮にそうだとしても、警察より先に嫁が発見しなければ意味がない。あのデコが、この重要な局面でそんな偶然に頼るだろうか。

足元に澱んだ冷気が路面で暖まって上昇し、百合の香りが鼻をくすぐる。詮無い疑問や推理を押しのけ、「初めて花もらえたわ」と喜ぶ笑顔が脳裏に浮かぶ。つい昨日のことなのに、遠い昔の思い出のように――。

「それで、あの、最後まで勝手なお願いばっかりでほんまに申し訳ないんですが、大阪までは私が乗ってきたそちらの車でお戻りいただけますでしょうか。中之島のホテルに預けていただけたらええように手配しときますんで」

湿った感傷に溺れかけていたところを、乾いた言葉に救われる。いずれにせよ、この期に及んで俺にできることは何もない。後は出来すぎた嫁に任せるのが賢明だろう。

「わかりました。ほな、私の方でこっちの宿をチェックアウトして、荷物や車椅子も積んどきますね」

「あっ、失礼いたしました、それを忘れてました。お手数ですが、これで精算なさっておいていただけますか。後はこちらで上手いことしときますので、ご安心ください」

断る間もなく厚みのある封筒とプリウスのキーを押しつけ、さっさとSLに乗り込もうとする。

「あ、ちょう待ってください！　すんません、一瞬だけお別れの挨拶させていただけませんか。すぐすませますんで、お願いします」

嫁を押しのけるようにして運転席に滑り込み、身を乗り出してデコの寝顔を窺《うかが》う。改めて間近に見ても、やはり楽しい夢でも見ているかのように満足げな表情で、かすかに開いた口の端を光らせていた。

「よだれ垂らして寝こけてるんはお前の方やん」と指で拭って口に含むと、ひんやり甘い。少し乱れていた前髪を額が隠れるように直してやり、「ほな、またな」と軽く声をかけて車を降りる。もっとしてやりたいことや、いいたいことがあったはずだが、じれったそうに待つ嫁の目がここでも歯止めをかけてくれた。

「車内に書置きでもあるかと思いましたけど、きれいさっぱり、なんもなし。彼女らしいですよね」

「らしすぎますよ、もう、ほんまに。お礼もお詫びもせんと、自分勝手にもほどがありますよね。重ね重ね申し訳ございません」

「いや、そんなつもりでいうたんとちゃいますて。なんもいい残すことがないくらい満足して、最期まで自分らしく逝けたんやなって思っただけで。そんな顔してましたもん。きっとあなたにも感謝してると思いますよ」

「ありがとうございます。そうおっしゃっていただけると……。ほな、急いだ方がええと思うんで、すみませんけどもう行きますね。また改めてご連絡させていただきますんで。ほんまに、いろいろありがとうございました」

そういい残しながら嫁はせかせかとＳＬに乗り込み、荒い切り返しでＵターンして走り去った。

デコが再び遠ざかってゆく。三十九年前とは違い父親ではなく嫁が運転する車に乗せられて、今度こそ永遠に。

SLが見えなくなると同時に目に入る全ての対象から現実感が失せ、自分がどこにいて何をしているのかもわからなくなる。岸壁に腰かけて煙草に火をつけ、吸い終わる頃にようやく意識が戻ってきた。それでもまだ夢の中にいるようで、嫁に渡された封筒とキーを見ても、なぜそれを手にしているのか不思議でならない。

膝を曲げたり手の甲をつねったりして体の存在を確認し、夢ではなく現実だとわかっているかと脳に問いかける。感覚も意識も、至って正常。何が起きたかも覚えていて、なぜ起きたのかも理解でき、どうすべきかも考えられる。ただ全てに実感が伴わないだけだ。

大きく息を吐いてから、「よっしゃ、行こか!」と気合いを入れる。置き去りにされたプリウスに乗り込んでからふと思い立ち、SLがあった場所まで動かして停め、デコと同じように助手席に移ってみた。

岸壁越しに海が見え、昇ったばかりの朝日が凪《な》いだ波を一直線に煌めかせている。遥か補陀落浄土へと続く黄水晶の橋のように。

同じ東の空高くには白い半月が残り、振り向けば赤い鳥居の向こうに緑なす連山と小さく銀色に煌めく滝——。那智参詣曼荼羅そのままの光景がそこにあった。ホドラーの風景画のような、ぞっとするほどの美しさと静けさを湛えながら。

やっぱりそうだ。デコが助手席に移ったのは、嫁に運転させるためではなく、この景色の中へと旅立つためだ。白浜に行きたいといったのも、単に三十九年前の落とし前をつけるためではなく、そこが妣の国の浄土サイドへの入り口だから。その白浜で「唯一やり残したこと」をやり遂げ、光あふれる大辺路を回って、波と滝が響き合う那智から補陀落へと渡る。最初からそういう計画だったのだ。

俺が那智行きの提案に乗ることも、彼女がこっそり抜け出すのに気づかないほど寝こけることも、全て「お見通し」だったにちがいない。先に東京で会ったのも、俺が昔と変わらず優柔不断な「アホのまんま」であることを確認するためだったのだろう。

まんまとしてやられたが、天晴れと感心しこそすれ、利用されたとは思わず、腹も立たない。単なる運転手や介護役なら、出来すぎた嫁で用は足りたはず。デコは自らの死の意味を正しく理解できる見届け人として、他でもない俺を選んでくれたのだ。こんな光栄なことはない。「死んだ後はどうとでもしてくれてかめへん」といってはいたが、嫁が真意を忖度して後に従い、そつなく事後処理をこなすことも計算のうちだったはず。チェスも将棋もめっぽう強く、常に数手先まで何パターンも読むデコだった。

デコの死は、公には病と闘い抜いた末の安眠と発表され、盛大な社葬が営まれることだろう。出来すぎた嫁が万事「上手いこと」取り仕切るにちがいない。いつどこでどんな死に方をしようとも、「いい話」か「泣ける話」にしかしてもらえない立場に彼女はあった。
それでいいのだと思う。彼女自身が何度もいっていたように、死は最初から他人事にすぎないのだから。大切なのは、デコが最期の瞬間までデコとして生き抜いた事実だけ。俺はそれを語り継ぐ大役を、喜び勇んで引き受けよう。
補陀落へと向かう船上で、「見てみい、全てお見通しやったやろ」と、得意げに笑う顔が目に浮かぶ。釘付けされた小屋の扉を蹴破って舳先に立ち、潮風に髪をなびかせ朝日に額を輝かせ、サモトラケのニケの翼のように広げた腕で波と滝を結ぶ橋を架けながら。

青うみにまかゞやく日や。とほ〴〵し　妣《はゝ》が国べゆ　舟かへるらし

これがデコの物語のエピローグにしてプロローグ。輝きを増す陽が頬を焼き、遠く滝と共鳴する波の低周波が骨を震わす。大海原に煌めく水晶の橋を渡って、長い間忘れていたはずの女性が俺の心に還ってくる。眩いばかりの堂々たる凱旋だ。

了

装丁　田島照久

〈著者紹介〉
山田五郎(やまだ・ごろう)
編集者・評論家。1958年東京都生まれ。
上智大学文学部在学中にオーストリア・ザルツブルク大学に1年間遊学し、西洋美術史を学ぶ。卒業後、講談社に入社。「Hot-Dog PRESS」編集長、総合編纂局担当部長等を経てフリーに。現在は時計、西洋美術、街づくりなど、幅広い分野でテレビ・ラジオ出演、講演、執筆活動を続けている。著書に『銀座のすし』『ヘンタイ美術館(共著)』『大人のための恐竜教室(共著)』『へんな西洋絵画』『知識ゼロからの近代絵画入門』などがある。

真夜中のカーボーイ
2020年10月20日 第1刷発行

著　者　山田五郎
発行人　見城 徹
編集人　石原正康

GENTOSHA

発行所　株式会社 幻冬舎
〒151-0051 東京都渋谷区千駄ヶ谷4-9-7

電話:03(5411)6211(編集)
03(5411)6222(営業)
振替:00120-8-767643
印刷・製本所:株式会社 光邦

検印廃止

ISBN978-4-344-03686-4 C0093
幻冬舎ホームページアドレス　https://www.gentosha.co.jp/

この本に関するご意見・ご感想をメールでお寄せいただく場合は、comment@gentosha.co.jpまで。